講談社

島口大樹

Daiki Shimaguchi

鳥がぼくらは祈り、

写真＝馬込将充
装幀＝川名 潤

初出 ＝「群像」2021年６月号

いつだったか当時それがぼくと母親の間でなんと呼ばれていたのかはよく覚えていないが、ホームビデオのようなものを見たときに、そこに映っていたのは二歳のぼくで、そのぼくはどこかの海にいて意地の悪いいたずらをする両親に置き去りにされ波打ち際にいた。カメラからは十メートル以上も離れているところでひとり立っていた。

波が去り、そしてまたさっきとは幾分かもしくはほとんどが違う水でできている波が押し寄せてくる音。が流れている。ただ、その波の音も電子信号として処理され一度平板化されてしまっているので、スピーカーから出てくるそれは当時の海のそこにいた時に聞こえる波の音とはおそらく違っている。去っては押し寄せてくる。ような音が絶えず流れていて、両親がぼくを見て、いや両親はその映像に映ってはいないからわからないがおそらくその茫然《ぼうぜん》としているぼくを見てたまに、かわいい。と漏らしている声が聞こえている。

「かわいい」

とテレビとは別の方向から同じ言葉が聞こえて、それを言ったのはホームビデオを見たときの母親で、十年以上の月日を隔てた二人の母親の、かわいい。と漏らす声を一度に聞いて、今の母親の声を例えばスマホで録音してテレビで流したらほとんど性質の同じ声になるように思えて、その時間を超越した感じや変わらなさを感じるその一方で、長い歳月で変わったことの多さや、失われていったものや、例えばこのビデオに映った二歳のぼくが、それを撮っていた父親か母親が、その瞬間に、なにか別の行動をしていたら、今ここにある、といってもそれはいつの今を指しているかは今のぼくには不明瞭だが、ビデオを見ていたときに流れていた今、の現状は変わっていたんだろうか、というような漠然とした夢想を繰り返していた。馬鹿げている。と考えたのは当時のことだけれど、そう考えたのはそう考え出したらきりがないという理由からで、そういう感傷的な態度そのものが馬鹿げているとまでは当時は考えていなかった。かわいい。

との声が聞こえてくるのが五回目か六回目かしばらくして、かわいそう。と言われたときのことをその時のぼくは思い出していて、なんでそんなことを思い出したのか、当時は全くもってわからなかったが、それは単純にかわいいとかわいそうの音が似ているからで、なんなら語源すら同じだということも今は知っている。かわいそう、と言われたのは少なくとも二歳よりは大きくてでもそれほど大きくはないときで、まだ小さいのにかわいそうな子、と親戚の集まりがあったときに外れたところで叔父と叔母が二人で話していたのを、たまたまぼくは離れたところにあった木か何かの陰に隠れてしゃがみこんでいたので聞いていて、まるで他人事のように、へえかわいそうなんだ。と思った。そのときのしゃがみこんだいつかのぼくのことを、二歳のぼくを見ているぼくは思い出していたけれど、かわいそうと言われたときのことを思い出すのはべつに珍しいことではなかったから、二つの記憶の関係性はとくに頭の中に引っ掛かって残ることはなく時間に流れていったが、映像を見たときのことを思い出すと一緒にそれも思い出した。

その二歳のぼくはというとほんとうにただただそこに立っているだけだった。泣きも喚《わめ》きもせず、寄せては返す波に一切の注意を払わず、ただ立っている。視線はぼくを捉えている。そのぼくとぼくとの間に十年を超える歳月が横たわっている。彼はカメラを一心に見つめ、その表情は決して明るくはない。だが暗い顔をしているわけでもない。哀愁めいたものを感じなくもないが、所詮《しょせん》二歳だ。それは二歳のぼくだった。

それがぼくだという自覚があるからか、ぼくには彼がかわいいとは思えなかった。かわいそうには思った。幼いのにひとりで置き去りにされているのだから。でももしそこに映っているのがぼくだと知らなくて、別の誰かの幼い映像だったら、かわいいと思ったのかもしれない。

そもそもなぜそれがぼくであるという自覚があるかというと、もちろん母親がこれは小さい頃のあんた（実際にはどんな言葉を使ってどんな顔でそのビデオをぼくに渡したか、もしくは彼女自身が流したかも覚えていないが）、と言われて見たビデオに映る子供が他人であるわけがないのはそうなのだが、ぼくは個人的な体感として、それがぼくだと思った。ぼくはそのときの記憶を持っている気がした。

ぼくは二歳のぼくの記憶を、その孤独を知っている、今でも覚えている。とビデオを見て思ったわけだが、それもそのときの記憶であるからして、ぼくはそう感じた。とは断言できないしむしろ疑わしい。いま冷静に考えてみれば、二歳に海に行ったときの記憶があるというのはわからなくもないが、そのときどう感じたか、なんてことまで覚えているものなのだろうか。ぼくはそれほど記憶力がよくないし、そもそも二歳児はそんな感覚を持ち合わせているのだろうか。

起きた出来事や事実ですら覚えていないこともあり、そのとき何をどう感じたかも覚えていないこともあり、反対にその手触りくらいなら覚えていることもあったり、記憶と感覚のすべてを鮮明に覚えていることもあったり、要は記憶は斑《まだら》だ。その上、都合のいいように事実を改変していたり醜い感情は捻《ね》じ曲げていたりして、記憶は嘘もつく。記憶は固体ではなく液体で、知覚しえないところで形状を変える。人から漏れでていく。流れでていく。

音を聞いてにおいを嗅《か》いでものを見て何かを思い出すなら、流れでた漏れでた記憶はそのままどこかの外部に遍在している。世界に埋め込まれている。世界、は現在夜のしじまに包まれている。人から漏れでる流れでる無数の過去は記憶はどろどろと暗闇の底を這い混濁する。邂逅《かいこう》と別離を繰り返し、そして幾分かは同じ成分で、幾分かは違った成分で、押し寄せては去る、そして同じ夜を過ごした人のもとへと分散し帰っていく、幾分かは世界に沁み込み失われたまま。

どちらにしろ何歳のときになにを思ったかということは今、となっては記憶という曖昧《あいまい》なフィルターを通してしか追うことができず、結局ぼくはそのビデオをもう一度見ることはなかったし、いまのぼくはいまどこにいるいつのぼくなのかもわからなくなる。

六月なのに暑くね、と高島《たかしま》が苛立った様子で言うのにぼくが苛立ったのは、六月は毎年暑いし毎年その台詞《せりふ》を聞いているからだった。毎年それを意外に思っていることを全く覚えていない感じが阿呆だなと思ったが、口に出していないだけで六月なのに暑いな。と数分前に考えていたぼくも似たようなものだった。これから先迎える夏が、その暑さが憂鬱《ゆううつ》で仕方なくさせるいつもの六月。

ぼくらは日本一の暑さを争う熊谷《くまがや》で生まれ暮らし高校に通いその夏から逃れられずにいる。熊谷市は関東平野に位置していて、そこがやたらと暑いのは、都市部のヒートアイランド現象の影響を受けた熱風と、群馬や秩父からくるフェーン現象による熱風が邂逅する地点であるかららしく、簡単に言えば逃げ場のないそれらが彷徨《さまよ》い流れてここに溜まってしまうかららしい。暑い以外に大した特徴はなくただ広いだけの平野で、それだからして風通しは悪く空気の入れ替わりはなく、暗澹《あんたん》とすらしている重たい熱気は肌に張り付きぼくらはぼくらの皮膚は息もできない。

空気の塊で蓋《ふた》をされているような暑さと息苦しさ。鳥という鳥はあまりの暑さで地に足をつけることができず、外からだと街がまるごと消えているように見間違えるほどの蜃気《しんき》楼《ろう》が絶えず激しく生まれる。道に水撒きをしたところで、熱したフライパンに水を注いだときのように無意味ですぐに蒸発する。子供がその上を通ったら少し浮いてしまうほどだ。この土地にいる限り逃れられないがどこかに逃げることもできぬまま毎年夏になる。

そんな夏を控えながらも既に十二分に暑い六月に、ぼくらは冷房のつけられるたまり場にいて、はい、どうもー。と威勢よくというか威勢よくしているのが透けて見える程度に山吉《やまよし》と池井《いけい》が部屋の端からぼくらの目の前にやってきて漫才が始まったが、高島はぼくにカメラを向けている。俺さあコンビニでバイトしてるじゃんか。山吉。うん。池井。イラっとすることいっぱいあるじゃんか。いや知らんけど。ストレス発散したいからさ、今ここでやっていい？　まあお前のやりたいことはやらしてやりてえからなあ。かたじけねえ。うぃーん。と漫才コントに入るのだが、もうこの時点で、わりとぼくの漫才への興味は失われていて、お前のバイトファミレスじゃん。ありきたりな設定にもほどがある。と余計なことを考えてしまっている。この時点ではまだ未開の面白さに到達する可能性もあるのだけれど、ぼくが気になったのはその二人の漫才をやろう、としている感じで、漫才をやるのだからやろうとするのは当たり前なんだけれども、型にはまりきっていると言うか、「漫才のための漫才になってんだよな」

と感想を求められてそう言ったぼくを高島はまだ撮っている。

「ぎこちないから集中できないというか、意識が逸《そ》れて他のこと考えちゃうんだよ」

「言いたいことはわかるけど、これ人前でやるの初めてだぞ？　なんかこう、そこまで求められても、ってか、ネタの面白さ、みたいな感想ないの」

池井にそう詰められても、いやあだって、ネタが入ってこないもん。漫才を頑張ろうとしすぎて、ただ漫才やってる感じしか伝わってこないもん。とぼくが言っている最中に山吉は、そうかあ。とわりに真剣に頭を悩ませ、高島は？　と聞いた。聞かれた高島は今度は喋っていたぼくを撮っていなくて、不満げな顔をしてぼくの話を聞いていただけの池井を撮っていて、俺は、まあ、

「面白いと思ったけどなあ」

と宙に浮きそうなふわふわとしたコメントで、小難しい感想やアドバイスを捻りだそうとしないで単純に思ったことだけを、それも二人が傷つくことのないよう注意を払いながら言うのが高島らしかった。

二人はこれに対して特に返答せず、ぼくと高島が座っていた二人掛けのソファの向かい

にある全く同じソファに池井が頭を掻《か》き毟《むし》りながら座り、そんな面白くないか。とぼやきながら山吉も腰を下ろしたのを見て、なんだかもう少し笑えばよかったかな。と思ったぼくを高島が再び撮っている。

池井は二人で考えたネタが面白くないというか面白く受け取ってもらえなかったことに、その技量に、なんなら面白がらなかったぼくに、それらを含めた様々な棘《とげ》のようなわずかな怒りとそれを覆って枯らしてしまうほどの徒労を感じた。とぼくは思った。山吉も似た感じだと思ったが、どちらかというと山吉のほうがプライドは高くポリシーがあるので、池井よりは反省して自己のほうへと潜っていき、自分がどのように話せばどのように動けばより伝わるか、どのようなネタなら面白がってくれるか、を瞬時に巡らせている気がするが、それはある種、批判したぼくへの反発からくる突発的なものなので、必ずしも建設的でない。ことをぼくも高島も勿論《もちろん》池井も知っていて、池井と山吉はひとまずふうと背もたれに倒れ込んで池井は両足を机に投げ出した。ばたん、
との突とした音にぼくらは一斉にドアの方を見遣って、高島はそのカメラごとそっちに向けて、そこにいたのは池井の親父だった。こんちはー。お邪魔してますー。と腑《ふ》抜《ぬ》けた挨拶をしたぼくら、池井を除いたぼくらが言って、

「お前ら勉強しろよ勉強」

と作業着の親父は言って、ぼくらの座ったソファの奥にある作業机をごそごそと漁《あさ》り、

冷蔵庫にあるアイス食べていいぞ。学生ってのはいい身分だ。戻りてえなあ俺も。勉強しねえと俺みたいに痛い目見るぞ。とか言いながら書類だけ持って出ていった。

対になったソファ、その間に置かれた机、の上にある無機質な花と灰皿。いかにも応接室、みたいなこの部屋は実際応接室兼作業部屋のようなものらしく、池井の親父がやっている電気屋の二階で、親父が使わないときは汚さないならいてもいいと言われていて、冷房が使えて煙草が吸えて時間を気にする必要がないのでいつもここにいる。でも、

「こないだのよりはよかった」

とぼくはお世辞《せじ》でなく言って、それがお世辞でないことも三人は知っている。それはそう思う。と高島は言いながら、自分のそのコメントをカメラに吹きこみながら、そのレンズの捉える対象は山吉から池井へと移っていったけれど、高島は自分の声をカメラに吹きこむつもりはおそらくなく、ただ二人を撮ろうとしているときに自分が話すべき時機が来たから話しただけだった。

山吉が、へえ。とため息のようでため息でもない何かを吐いて、ワイシャツの胸ポケットから煙草を取り出し、それを見てぼくらもポケットをまさぐる。四人が同時に煙草を吸えば部屋は火事でも起きたように煙で充満するから、一番近くにいた山吉が煙草を咥《くわ》えながら席を立ち、冷房を止める。そのままブラインドを上げると西日が眼を刺した。山吉は眩しかった。ぼくも高島も眩しかった。池井は背が熱を帯びるのを感じた。眩しいよ。と

ぼくが言う。今閉めるとこだわ。と言った山吉は窓を開け網戸にしてから再びブラインドを下げる。という山吉の行動の一部始終を撮り終わってから高島もカメラを置いて煙草を探し始めた。

二人が新ネタを書いたらぼくと高島に見せるのはほとんど通例となっていて、それを見る度、高校を卒業したらお笑い芸人を目指して養成所に入る、と言っているのはほんとうなんだな、と実感する。ぼくらは中学からつるんでいるが、二人はぼくと高島よりも遥かに飽き性だから、週に三日も四日も二人でネタを考えたり合わせたり、というのが半年も続いているだけで賞賛に値する。

池井が街中で小競《こぜ》り合いになり、他校の奴と喧嘩《けんか》することになったことがあった。池井がぶつかっただの唾がかかっただの難癖をつけたことが事の発端だった。

ぼくは池井に立会人を頼まれたから、熊谷駅のいつもはあまり行かない南口の公園までわざわざ夜中に向かった。にもかかわらず池井だけが来なくて気まずい思いをした。薄々勘づきながらも電話を掛けると、ああ。もう冷めたからいいや。と想定通りの返事だけをされて電話を切られて、ぼくは代わりに喧嘩させられる羽目になるのが厭《いや》でトイレに行く振りをして逃げた。それ以来その高校の制服を見ると反射的に防衛本能が働いて隠れてしまう身体になった。

山吉は山吉で、高校からラグビーを始めると言い出し、煙草もやめて筋トレばかりしていた時期があったが、入部から一週間で退部した。理由は走るのが厭になったからだと言っていた。山吉は完璧主義的なところがあるが、それは自他ともにそうでなければ気が済まず、ラグビーの難点、つまりはルールの欠陥やゲーム性のなさ、その他諸々の他のスポーツと比較しての欠点を幾つも挙げて、それも部室でまだ友達とも言えない人たちにそれらの文句を吐き散らし、やめると宣言したのだ。

試合ができるぎりぎりの人数しか部員がいなかったので、顧問だった体育教師は山吉の退部を認めずひとまず籍だけ置かせようとしていたが、それに対して山吉は図書館から六法全書を持ち出し、あらゆる箇所に付箋《ふせん》を張り付けて顧問に会いにいき、その行いがいかに不当で法律的に認められていないかを主張し、論破した。ぼくらはそれを面白がって見てはいたものの、その異様なまでの執着はほとんど狂気で、高島にいたっては少し心配していた。というか、なにを心配していいのかもわからず若干ひいていた。

ぼくと高島は卒業までまだ二年弱もあるし。と進路を決めることなく何に精を出すこともなく生活していて、でも一応高島は映画を撮るというか撮っている。

というのも、高島の映画を撮るという行為が高島以外のぼくらが想像しているそれとは大きく違っていて、ぼくらのイメージだと映画を撮るとなると、脚本を書いてキャストを集めてロケハンをして撮影をして編集をして、というものでこれが一般的だとは思うのだけれど、高島が映画を撮るといって最初に始めたことはアルバイトで、勿論カメラがなければ映画は撮れないので金を貯めて十五万もするカメラを買うところまでは順当なのだが、それから一向に脚本など書かない。

その代わり、というか代わりになるのかもわからないが、一緒にいる間もただひたすらにカメラを回している。その執着も凄まじいもので、カメラを回すという行為が身体に馴《な》染《じ》みすぎているからなのか、街中で他校の奴らと小競り合いになった時、それは池井が難癖をつけてぼくが不幸を被った例の件の時だが（ぼくはそのときのことを自分がそこにいたかのように事実も会話も映像も記憶していたから、そこにいたのがぼくではなくて高島だったことをしばらく忘れていた）、池井と奴らのうちのひとりが一触即発、顔面を突き合わせているまさにその時もひたすらカメラを回していて、その時の映像は、てめえなに撮ってんだよ。と他校の奴に襲われそうになったところで止まっていて、事実高島も一発殴られて唇から血を流していたのだがそんな時でもカメラの無事を終始心配していた。と池井が言っていた。のをぼくは覚えていた。

そこまでの高島の執念、と言ってしまうのは傍からの勝手な見方に過ぎないけれど、とにかく夢中で撮っているものは駄弁《だべ》ったり歩いたりメシを食べたりはしゃいだりといったただの日常的な光景に過ぎず、しかもその撮り方も奇妙だ。映画やテレビのインタビューでは話し手が映っているのが当たり前なのだが高島はまったく反対というかそのルールをほとんど気にしていない。

誰が話しているとかは重要ではないらしく、誰かが話している途中にも映す対象は変わるしむしろ聞き手がフォーカスされることが多い。ぼくら三人がバスケの1on1をしているときも待っているひとりがふらふらしたり感嘆の声を上げたりしているのを撮っていて、ボールやプレイヤーはほとんど追わない。思えば池井の小競り合いの時も、勿論盛り上がっている二人を撮ってもいたが、どちらかというと向こうの連れが凄い剣幕で見ていたりぼけっとした顔をしているのを撮っているほうが長かった。

それでぼくらは気になって、いつ映画撮るの。てかいつもなに撮ってるの。と高島がカメラを持ち始めてわりと早い段階で聞いたのだが、

「いや、みんなのこと撮って、映画撮るのよ」

撮ってるのよ。とおかしな日本語で話していた。がそれも当人にとっては論理立っているのをぼくらはわかっていて、詳しく聞くと、

「なんかさ、普通にこう、今話してるときってさ、べつに絶対話してる人のほう見る訳じゃないじゃん」

と高島が言った意味がわからず、池井がぽかんとした表情でぼくを見て、それを山吉が

見ていたのでそのあとぼくが山吉のほうを見ると眼が合って、

「それ、」

今みたいにさ、俺が話してるけど、お前らいま顔見合わせたでしょ。と高島に言われてぼくら三人は高島の方を見て頷いた。

「その感じなんだよ」

普通にしてる時って誰かが話してる時とかも、意外と色んなとこに目向けてたり、つまらなかったらそっぽ向いてたり、そういうことなんだよ。つまりあれだよ、今って感じ、映画的に言うなら臨場感、みたいなの。ってアクションがすごいとかじゃなくて、見てる人がそこにいる、って気がしてくることなんだよ。ああ俺ここにいるな。映像の中の世界に、今いるな、って感じがしてくるってことなんだよ。それも無意識にね。視線がぐらぐらしてるくらいが、なんかその場にいるってか、今、って感じがするんだよ。もっと言うなら俺だって登場したいよ。そのくらいのほうがちゃんと今、って感じがあるんだよ。まあでも撮る人がいないと仕方ないし最初だからいいんだけど、でも、ここにある、今、って感じをだすには、そうなんだよきっと、
と映画の話になると、全然明確ではない拙《つたな》い言葉ばかりで、それでもなんとなく言いたいことの輪郭だけはちゃんと伝わるように高島が捲《まく》し立てるのを、いつも通りぼくらは半分理解して半分ぼんやりと聞いていた。小難しそうな映画の本やら何やらをよく高島が読

んでいるのをぼくらは知っていたから、山吉なんかは、すげえな。とそれがすごいかもわからないのに圧倒されてつぶやいていた。

のを思い出して、それはいつも何を撮っているのかとなぜそんな撮り方をしているかの説明にはなっているのだけれど、じゃあ実際いつ映画を撮るのかという説明にはまったくなっていなくて、残された疑問が数か月の月日を越えて忽然《こつぜん》と現れ、てか高島さ。と池井の何かの話を遮《さえぎ》って、

「映画、いつ撮んのお前」

とぼくは高島に聞いたのだが、それこないだ言ってたじゃん。と話の腰を折られて少し苛立った池井がそのまま、

「なんかドキュメンタリーみたいにするんでしょ？」

と聞くと、やっと高島が話し始めて、ドキュメンタリーって言うか、ちがうんだよ。なんかさ、今までみたいに映像を撮り続けてさ、それを編集して映画にしたいんだよね。と言った。

けれどその意味が今回ばかりはさっぱり伝わらず、ぼくと池井はぽかんとしていて、そもそもぼくは、高島がいつそんなことを言ったのか思い出せないという理由からぽかんと

していたのだが、山吉は、それドキュメンタリーじゃん、と言った。

「ちがうんだよ。いや、もしかしたらドキュメンタリーになっちゃうかもしれないけどさ。なんか映画見てるとさ、ふとした時にさ、ああ今この人って演技してるんだよなあ、って思う瞬間ない？」

ぼくはあった。池井もあった。山吉はなくて、池井があると言った。ぼくも、と言った。

「いくらうまくても演技だもんなあって。そういうのが厭なんだよね。だから、演技じゃないのを撮り溜めて、それを繋ぎ合わせて、足りないところは撮ったりするかもしれないけど、でもそうしたら、なんかいいかな」

って、と高島が映画の話なのに自信がなさそうというか覇気がないのは珍しいな。とぼくらは思っていた。

池井と山吉が芸人になりたい。というのはまあ要は面白くもありたいし売れたいということで、ぼくらと仲のよかった先輩は大抵県北のどこかの工場や運送業に従事していて、裏社会にいった人もいて、つまりは大抵が地元で過ごしていて、そういうのを見て二人はもっと広い世界にいきたい。というのは常々口にしていてそれはそれで素晴らしいことだとは思うけれど、映画を撮りたいから撮る、というだけの高島の考えが、勿論高島も将来どうしようかなくらいは考えているだろうが、それとは別の場所に映画という存在があって、可能か不可能か以前にただなんかいいなというだけの理由でそれをやろうとする高島はなんかいいなと思った。

各々の理由はどうあればくらは住み飽きていい思い出もとくにないこの土地でただのらりくらりしているだけで鬱憤《うっぷん》が溜まるというか、ただ日々をやり過ごしていくだけの日々に摩耗《まもう》してしまって、詰まるところ何かしら欠如したぼくらは、いや誰もが欠如を抱えながら生きているのだろうが、それに後ろ髪を引かれ続けて自分が今立っている場所も未来も正しいかたちで見ることのできないぼくらは、何かしら手を動かして自分自身でその欠けた部分を補い続けないと、一般化普遍化された世のしきたりや生活に追い越されていつかは埋まってしまうという強迫観念があって、でもそれがあるからこそぼくらはこうして今、場を空間を共有することができているのだけれど、そんな中ぼくらの中でぼくだけは特になにをするでもなく過ごしている。そんな繋ぎ合わせてみたいなこと、

「ほんとにできるの？」

と問うた山吉は高島を見ていて、その高島は画面に映っている池井の手元にピントを合わせたり外したりしていて、池井は煙草の灰を落とす、のを画面越しに高島の隣でぼくは見ていて、

「わからないけど、まあそのうち撮るだけ撮ってみるよ」

まあもう撮ってはいるんだけどさ。と高島が言おうとして身体から声が出て実際に言ったことになって、空気が震えてたまたま距離の近かったぼくの耳にまずはじめに、そして

向こうの二人にもそれが届いて、聞いて考えて理解するまでの数秒ぼくら三人はほとんど同じ身体の反応をしたはずで、なんならぼくの中にも高島と池井と山吉の反応をする回路があって、同じように三人にもぼくの回路があって、話し手が変わり聞き手が変わり会話をして声を交換し合い反応して呼応して、それを幾度となく数え上げればきりがないほど繰り返し延々と繰り返し、ブラインドの隙間から漏れ出る斜陽の様相も太陽の位置も随分と変わっていて今日もいつものように夜を迎えてぼくらは解散していつものようにそれぞれがひとりになった。

途中まで同じ道の高島と別れたぼくは自転車を漕ぐスピードをあげる。軽快に左右の足を交互に動かしていると、身体が内在させている運動の振り子みたいなものが増幅していき、気づけば立って漕いでいた。跳ねるようにして漕いでいた。網膜が乾燥しはじめ涙が滲《にじ》み、駅前のありとあらゆるネオンライトや電光掲示板が視界で横に広く伸びた。そのうちのひとつが黄色から赤に変わり、ぼくは足を動かすのをやめて、その漕ぐのをやめた時の、後輪のあたりで一秒に十回くらいがらがらとなる感じを足の裏で速い脈動のように感じていた。

熊谷駅前は夕暮れ時から浅い夜にかけて鳥の大群がぴいぴい鳴きながらやってきては去

りまたやってきてたむろし、という感じでとにかく鳥が多い。たまに東京なんかに行ったならば、その駅の壮観さや周りの建造物の高さ云々よりも鳥のいなさに驚くほどだ。だから、駅前のロータリーには無数の鳥の糞《ふん》の跡があり、排泄《はいせつ》物が人に踏まれたりコンクリートに染みて刻まれたりしながら長い時間をかけて風化していく様子が、誰にも望まれていないのに標本として陳列されている感じが嫌いではないのだが、勿論ぼくらもそうだが糞を直接身体に落とされるのは厭で、女子高生がきゃあきゃあ言いながら鳥の大群の下を駆けていくのも珍しい光景ではない。がぼくはそんな最中でも落とされるかもしれない糞を気にせず電線より上空の鳥の群れを見上げる。鳥の群れが、

ひとつの生命体みたいだ。というのは安っぽいけれど、それと少し似てなくもないというか、その鳥の群れの周囲にひとつの線が見える。群れを覆う三次元の膜がある。それは絶えず変化し続ける曲線で曲面で、一羽が遠のけばその一羽を囲うようにして線の形状は膜の形状はぐんと群れの中心部からは離れるし、逆に群れが密集すれば、その膜が囲った部分の体積は非常に小さくなる。その膜で覆われた鳥の群れはアメーバ、それもひどく柔軟で迅速なアメーバのようだ。

そのアメーバ自体が云々という訳ではなく、その気になれば群れから遠く離れてどこかに消えていく、いや実際そうしてどこかに消えた鳥もいるのかもしれないが、去っていくことのできる鳥たち一羽一羽の見えない紐帯《ちゅうたい》に、そのアメーバの中で光が乱反射してい

るかのような幾つもの紐帯が交錯し重なっているのに、自然とか生き物としての本能とかを越えたただの凄みを頭ではなくて眼で肌で感じる。

そしてそのアメーバに属する鳥たちが当たり前ではあるが知識や経験を共有していて、そのアメーバとして、ぼくが見ている、今、その一秒後、二秒後、続いていく時間を、一羽が一秒の間に飛んで空気の塊と接触して受ける風、移り変わる視界、それが二羽、三羽、群れとしての総量、を経験している、常に経験し続けていることに、そしてつまり総体としても記憶を刻み続けていることに、たとえ時に記憶を取り零《こぼ》しながら飛んでいくものだとしても、それをぼくがぼくの網膜で捉えたときにだけおこる特有の感情のうねりがあって、毎秒ごと繰り返されるそれらの一瞬一瞬をどうしようもなく愛おしく感じて時間の経過に溶けていくのがあまりに勿体ないことに思える。ただ、

それは群れていて同じ方向を見ていればいい、というわけではなくて、その組織であるのに組織でない感じ、というか、人間とか社会とか文明とかではなく、動物特有の、自然の生物特有の、と考えたけれど、ぼくがその鳥のアメーバに感動するのはぼくが鳥ではなく人間だからなのだろうか。と思い至ったところで信号待ちをしていたはずなのに今度は青信号が点滅しているのに気づいて右足を添えたペダルに全体重を注ぐ。

日が沈み夜、孤独は暗闇に過去を描く。記憶が渦を巻く。その瞬間にも今が流れていく。今、といった瞬間に今は過ぎた。失われていった今。失われていく未来。ありもしなかった過去。すなわち幻想で幻影で言外。現実世界で語られることのなかった僕、俺、私、ぼく。ぼくは。

無数の記憶が脳裏を掠《かす》める。確かに網膜に映る。混ざり合い溶けていく。深い夜の底で、人間の意識の外で。

暗闇の中で聞いた音。叫び声。呻《うめ》き声。悶絶。嬲《なぶ》っている。嬲られている。誰か。宙に浮いていた人。誰か。血の繋がった誰かの。映像と音とにおいとしての、記憶。

悪夢にうなされている、誰かが。結露のような額の汗が異質な他者として感じられる。地から足を離していることがままならぬだけの質量を持ってしまっている肉体。逃れようのない呪縛としての重力。肉体のない記憶が混濁していく。ひとり、そしてまたひとり。暗い力の、その源泉で。

零時半。池井は家にいる。もうやめてください。金切り声が聞こえる。母親の声だ。意味をもたない罵詈雑言《ばりぞうごん》が飛ぶ。父親の声だ。鈍い音と共に奇声があがり、音が止む。池井は眠れない。鼓膜が震えないように、声が聞こえないようにするのに忙しい。起きて何食わぬ顔で家族と共に朝食を食べることが辛くて明日を嫌悪する。時間の流れを嫌悪する。

次、もし次に母親の顔に傷が増えていれば。俺が父親を。もしくは警察に。それをできない自分を知っている。俺もいつかああなるのか。妻を子供を殴る自分と時空を超えて対峙《たいじ》する。十年後の池井が二十年後の池井が現れる。それはほとんど他人だった。

一時半。高島は家にいる。ひとりだ。ひとりで住んでいる。マンションの一室が買いあげられているので払うのは共益費だけだ。父はいない。死んだ。母はいない。どこかで別の家族と暮らしている。それは彼の家族ではない。会ったことのない妹がいるのは知っている。姉は消えた。ある日出ていった。高島は父親と母親と姉と自分のいる家族を想像する。そしていつも通り失敗する。撮られることすらなかった存在しない家族写真が無惨に千切れていく。どの場所で父親が首を吊ったのかわからない家でひとり眠る。

同時刻。ぼくは駅前にいる。熊谷駅だ。眠れずに散歩している。呼吸を、自傷を、制御できなくなるのを怖れている。から音もなく忍び寄るそれらに捕らえられぬよう身体を動かす。留めてはいけない。その身体を運ぶ足は自然と母親の働く店へと向かう。風俗だった。見たくはないが見ずにはいられなかった。自分がいるせいだった。なのに家にはいられなかった。そんなに厭ならお父さんのとこ行けばいいじゃない。と自分のために働いているはずの母親は言った。父親の居場所は知らない。

二時。山吉は公園にいる。三つほどある電灯のひとつが不規則に点滅している。その周りを蛾《が》が舞う。煙草に火を点ける。そのままライターを数度捻じる。火は揺れている。そこに紙をかざす。虫が食い散らかすように幾つもの円が拡大し止まり、その痕跡《こんせき》を別の円が覆うようにして燃えていく。紙が燃えていく、それは紙幣だった。金を燃やす。誰にも知られずに。

山吉が燃やしている金は彼の父親が彼に送っているものだった。月に一度送られてくる手紙に五万円が入っている。母親はそれを知らない。手紙に金銭が入っていることを知らない。母親はそれを知らないから、山吉の財布を時々盗み見ては数万円をそこにいれる。山吉は当然それに気付く。要らない。と言うがそれでもある朝には数万円を手にしてしまう。父親の顔は見たことがない。手紙も返したことはない。それでも毎月の手紙が止むことはなかった。

山吉には嫌悪感だけがある。だから燃やす。ちょっとした復讐のつもりだった。愛が金で代替可能だと言わんばかりの態度が気に食わない。なんてものではない。生理的に受け付けない。本能が拒絶する。この世からなくさなければ、燃やさなければ。でも、それが意味のないことだとは知っている。愛の代替としての紙幣を燃やしても代替されない愛はない。それでもそうすることでしか自分を明日、明後日、太陽が無慈悲に昇り巡ってくる新しい一日へと繋いでいけない。今まで幾度となく見た母親と知らない男の情事が眼に浮かび、気を紛らわすことに再び集中する。灰に帰し散っていく紙幣を、火を、捉えた山吉の網膜、は四年前の山吉の網膜であり、四年前のぼくの高島の池井の網膜だった。燃え盛る炎を前に立ち尽くしていた。焦燥があり、だが微笑があった。ぼくらは十二歳か十三歳だった。中一だった。夏だった。息苦しい暑さの夏だ。

熊谷駅の南口から歩いて五分ほどで荒川の土手に行きつく。花火を持っていた。なぜか家に花火があってそれを持ってきたのはぼくかもしれないけれどぼくではないかもしれなかった。誰かの家に花火があった。

ぼくと高島、池井と山吉、はそれぞれ同じ小学校だった。休日に四人で集まって遊ぶのはまだ数えられるくらいだった。けれど学校や放課後に一緒にいるだけで自然と仲が深まった。高島が映画は好きだがまだカメラを持っていない頃だった。

熊谷ってなんで熊谷っていうか知ってる？　と言ったのは山吉だった。直実《なおざね》。と池井が答える。熊谷次郎直実《くまがいじろう》。と高島が答える。一緒じゃん。ぼくはそう言ったかもしれない。それもそうなんだけどさ。うん。ああ。荒川がめっちゃ蛇行してて。だこうってなに？　曲がってるってこと。その蛇行ね。その蛇行。それで、それのことを曲がる谷って書いて、くまがいって呼ぶからかもしれないんだって。へえ。直実は？　直実はそのあと。後ってなに。くまがいって名前から、その名前をとったの。そんな曲がってるか？

と言ったのは池井か高島かぼくで、でもそのとき誰かが丁度土手への階段をのぼりきったところで、ぼくは二段飛ばしでその誰かの横に並んだ。手前には運動用のグラウンドがあり、その奥には茂み、そしてそこから更に降りると石が無数に転がっていて、その先に川だった。でもそれはぼくが立っている場所から整理して近い順に並べかえているだけで、高島が、

「川だ」

と川を目指して歩いてきて到着したのだから当たり前の台詞を言ったとき、高島は川以外の茂みのことやグラウンドのことを気にもしていなかった。そのグラウンドで練習していたのはぼくらが三年後、正確には二年と半年後に入学することになる高校のラグビー部だった。そこで顧問が怒号をあげていた。その顧問は山吉に論破されることになる顧問かもしれなかった。

「ガタイいいんだからお前ラグビーやれば」

と言ったのが誰かよりも、お前がぼくのことかと思って見回すと誰もぼくを見ていなくて、言ったのは池井で言われたのは山吉だった。池井は高島が川だと言ったのを気にせずに高校生が練習しているのを見て山吉にそう言って、池井は人の人なんだな、とぼくは思った。高島は無視されていることを気にせず下流のほうに歩きだした。山吉は、やだよ。と言って高島のあとを追いぼくと池井も続いた。誰かが花火を持っていた。

そんな曲がってるか？　さっきも言ってたけど何が？　川だよ川。ああ。どうだろう。曲がってるんじゃないもう少し行ったら。もう少しってどこまで？　知らないけど、行田《ぎょう だ》とか鴻巣《こうのす》とか。そしたら熊谷じゃないじゃん。筏《いかだ》つくって東京湾目指した先輩いたよね。いた。東京湾ってどこ？　東京。そうだけど。海までいけたの？　いけないでしょ。俺らもやる？　なにを？　筏つくって海を目指す。熊谷出るので精一杯だよ。上々でしょ。え？　熊谷出れたら充分でしょ。そうか？　川。え？　遠くから見たら曲がってるんじゃない。遠くからじゃ見えないだろ。遠くってその遠くじゃなくて。じゃあなんだよ。あ、変な鳥。そう、鳥。変じゃなくていいけど。違うそうじゃなくて。変な鳥いたの見た？　ああ見た。鳥って重力感じるの？　そりゃそうでしょ。そっか。鳥の遠さだよ。なにが？　上に遠く、上に遠い鳥の遠さ。上に遠くから見なきゃわからないなら誰が知ってるんだよ。なにを？　川が曲がってるって。だから鳥。それじゃあ昔の人間はわかんないじゃん。どういうこと？　あ。帰ってきた。鳥。昔の人間は鳥の遠さを知らないんだから。飛ぶのって楽しいのかな。

そう言ったのはぼくだった。

「飛びたくはないけど空から見たい」と高島。

なにをよ。地面？　地面か。土地。土地は違うね。人？　街？

「飛ぶのは疲れるから人間でいいや」と池井。

「でも飛ぶのが歩くのなら飛ぶのでもいい」と山吉。

飛ぶのが歩くのってなんだよ。だから、俺らが歩く感じで飛べるなら。歩く感じで飛んでるのかな？　餌《えさ》探して飛ばなきゃいけないから、飛ぶのが歩くのっていうか、

「飛ぶのが生きるのじゃない？」

生活？　そう、生活。じゃあ話は別だ。人間でいいって。ほんとに？　生まれ変わっても？

人間。

高島が枝を拾う。高島は川の人で枝の人だ。大きめの枝で茂みを掻き分ける。山吉、池井、が続く。ぼくがしんがり。ぼくは鳥の人。人間の眼でみる鳥、の人。高島の視界が開ける。山吉の、池井の、そしてぼくの視界が開ける。上流で雨が降ったのか、川の流れは速かった。高島の眼にはそれが新鮮に映った。川に近づいて水面をじっと見つめた。近ければ近いほどその速さを、速度を、体感できた。毎秒ごとに水が移り変わる。視界を流れていく。池井はなんの躊躇《ちゅうちょ》もなく吸いこまれるようにして川底に手を伸ばした高島が面白くて隣でしゃがみこんだ。ぼくは大きめの石に腰掛けて少し離れたところから二人を見た。山吉は後ろにいたぼくを振り返って、それでぼくの隣に座った。山吉は誰かが放った花火の入った袋から蠟燭《ろうそく》を取り出して熱し、ぼくと山吉の間に立てようとした。山吉は火の人。風はあまりなかった。お前の脇腹の痕、

「どうしたの？」

山吉は聞いた。ぼくに聞いた。ぼくは狼狽《ろうばい》した。

「高島に聞いても知らないって言うから、俺ら聞くか悩んだけど」

やめとけばよかった。とぼくは思った気がした。小学校の頃はプールの授業は休んでいた。人数が増えたからその人の数に埋もれて目立たないと思った。のかは覚えていないがぼくなりの判断だった。なんにせよ間違いだった。と思った。

「自分でやんの？」

ぼくは頷いた。声を出さずに。

池井は川に手を突っ込みながらこっちを見ていた。高島は見ていなかった。なあ。と池井。なに？　高島。聞いているのかな。聞いてるのかも。父親がいなくて、母親もずっと家いなくて働いてて、

「ぼくのせいだから」

ぼくはそんなことを言ったのかもしれない。定かではないがそのようなことを言った。

それから山吉はぼくを励ますようなことを言った。

「俺も似たようなもんだよ」

というようなことを言ったがその言葉も正確には覚えていない。山吉も覚えていない。

人は緊迫した状況にあると、気の利いたことを言おうとすればするほど、当たり障《さわ》りの

ない言葉しか使えなくなる。頭の中に紋切り型の台詞だけが浮かんでしまう。それ以外の言葉を見失ってしまう。山吉はそんなこと考えてはいなかったが、でもそんなようなことは思った。言葉が足りない。安っぽい言葉しか浮かばない。山吉は感じた。でもそれはぼくもだった。ぼくも同じだった。ぼくのせいだから。みたいなことを言って胃が収縮するほどの恥じらいを覚えた。恥じらいを覚えたのは覚えていた。言ったことを覚えていないのはそのあまりの恥じらいのせいかもしれなかった。親父は会ったことないし、母親のセックスばっか見てる、

「おわってるよ、」

俺も。山吉は微笑んでそう言った。まあお前みたいにしたことはないけど、

「気持ちはわかる」

山吉の顔は引き攣《つ》っている。とかではなく、ほんとうに微笑んでいた。

「ぼくのせいだから」

「俺も似たようなもんだよ」

余りに情報が少なくそれでいて月並みな会話、記憶に溶けて消えていくほどの安っぽい二言の裏側が奥にぐんと伸びた。果てしなく広がった。それはぼくらの歴史だった。切羽詰まってその言葉を選び吐き出してしまったことを無意識のうちに山吉とぼくは了解した。言葉が足りないと自省したことを互いに悟った。ぼくは山吉の過去を垣間見、山吉は

ぼくの過去を垣間見た。ぼくが思い出しているぼくと山吉よりもさらに遡《さかのぼ》ったところにいるぼくと山吉が邂逅した。

「まあ、そんなもんでしょ」

と池井が言って、いつからそこにいたのかはぼくも山吉もわからなかった。そこというのはぼくと山吉の間の空間の目の前だった。高島もいた。俺の親父もギャンブル狂いで、普通にDVするし。マジか。マジか。しか言えなかった。ぼくも山吉も。

「父親なんて」

いてもいいことなかったりして。会話は少ないがその一言一言の間に長い沈黙が差し込まれた。それはぼくらが互いの人生を了解するのに、そして引き受けるのに必要な沈黙の時間だった。高島も、

「なんかあるなら言っとけば？」

と池井が言って、やはり高島もいつの間にか更に近づいていていた。俺のわりとおもいよ。いいよ今更。と言ったのは池井か山吉だった。高島も微笑みながら話し始めた。高島の微笑みはどちらかというと引き攣った笑みだった。そこでぼくらは初めて知った。高島の過去を初めて知った友達になった。いやあ、

「最後にめちゃくちゃパンチ強いじゃん」

池井は沈黙に耐えられなくて気を遣いながら、それでも場が和むように語尾を伸ばして

そう言った。ぼくは笑った。なにも面白くはなかったけれど笑った。なに笑ってんだよ。高島が言った。高島も笑っていた。お前最低だな。と山吉が笑いながらぼくの上半身を押し倒した。青々しい草が首と頬を刺した。痛えよ。と言って笑った。面白くはなかったけれど楽しくはあった。高島は緊張していた。人にこんな話をすれば煙たがられると根拠もなく信じていた。確かに、

「お前めちゃくちゃ愛想笑いするもんな」

ぼくは高島に言った。それはぼくじゃないかもしれなかった。山吉か池井かもしれなかった。誰でもよかった。俺らの前でそういうのはなしな。池井が言った。池井はそう言った後、そんな台詞を言ったことに恥ずかしくなった。でもそう言うしかなかった。それ以外に高島の気を楽にさせる言葉が見つからなかった。でも恥ずかしかった。のをぼくと山吉は知っていた。ぼくと山吉も二人で話したときに恥ずかしくなったから池井が恥ずかしくなったのを知っていた。高島は知らなかった。高島は自分のことで精一杯だった。

持ってきた花火は数年前のものですべて湿気《しけ》っていて火が点かなかった。代わりに枝を集めて焚火《たきび》をした。二手に分かれてコンビニで新聞紙を買い、スーパーで段ボールを集め、とにかく時間がかかった。

焚火をはじめてからぽつぽつとさっきの話の続きをした。ぼくらは過去の話をぼくらにした。そしてぼくらは笑った。焚火にも飽きると土手近くの繁みを燃やして遊んだ。土手

にオイルの入った一斗缶が落ちていて、それを使ったら想像を遥かに超えて燃えた。繁みが燃え盛った。最初は笑っていた。だが収拾がつかなくなって次第に焦り始めた。土手の上にちらほらと人が集まり始めた。ぼくらの誰かが消防車を呼んでぼくらはその場から逃げた。ぼくらは笑っていた。

後日、警察から中学校に報告があったが、犯人は名乗り出ろ、という内容のものだった。ぼくらはそこにいなかったことにした。ぼくらは川にいって遊んだ記憶を、運動公園で遊んだという記憶と差し替えることにした。でもあの焼け跡はぼくらがそこで会話して笑った記録だった。ぼくと高島と池井と山吉が出会うよりもずっと前のぼくと高島と池井と山吉が出会って立ったまま囲んでそのまま立ち尽くして微笑んでいた炎の記録と記憶がそこにはあった。

朝を迎えるとぼくらはいつも通り十六歳か十七歳だった。高校に行った。雨が降っていた。傘を差しながら自転車に乗った。山吉と高島とぼくは時間通りに学校にいた。梅雨入りしてから、ぼくらはなんとなく陰鬱だった。はやく梅雨明けないかな。と話した。池井はいなかった。

「雨だから午後からじゃない？」

と山吉が言った。俺もそう思う。と高島が言った。ぼくもそう思っていた。池井は雨の日は学校にあまり来なかった。来ても午後からが多かった。

気恥ずかしいので逐一スマホで連絡するようなことはしなかった。ぼくは気恥ずかしいと思っていたけれど二人も多分そうだった。グループラインはあったけれど、今なにしてる？　みたいなことにはあまり使われず、お笑いの動画やら見たい映画の予告編を共有するのに使われることが多かった。てか、

「西高の奴らと桝田《ますだ》組がもめてるらしいよ」

と言ったのはぼくらの隣にいた別のクラスの奴だった。西高は隣の高校で、桝田組は熊谷を中心に県北に勢力を持っている暴力団で、日本一大きい組織の三次団体だった。

「なに？　なんで？」

と山吉が食いつく。ぼくと高島もそいつの方を見た。西高の三年の〇〇と〇〇が別のルートでマリファナさばいてるらしい。と言った〇〇と〇〇をぼくらは知らなかった。ぼくらはその辺の情勢に詳しくなかったが、それを聞いて高島がにやつきながら山吉を肘で小突いた。のをぼくは見ていた。

山吉は元々マリファナをやっていたが、池井に止められていた。もし芸人になって後からスキャンダルみたいになったら厭だから、コンビ組むなら二度と吸うな。と池井は言った。山吉は守っていたが、先月西高の奴らから一度だけ買っていた。それを西高と仲のい

い奴から高島が聞いて高島からぼくが聞いて二人でそれを山吉に話して、そしたら山吉は自分で謝ると言って池井に謝ってそして殴られていた。人の人生ナメてんのか。と池井は見たことないほど怒り狂っていた。ぼくと高島は山吉が不憫《ふびん》で反省していたがどう考えても山吉が悪いので自業自得だと結論付けた。でも、

「もめるって言ったって、高校生と組なんて」

そんな大したことないでしょ。ぼくが言った。反省してっから。ぼくが話している間に山吉がそう言って高島の肘を払った。いやそれが、

「なんか西高は群馬？　のほうから流されてるらしくて、それは桝田組の敵対組織らしい」

「金に目が眩《くら》んで面倒なことに首突っ込んだ」

と高島が他人事のように言って、勿論他人事なんだけれど、その他人事感の強さが面白かった。

「密着取材してマフィア映画みたいなの撮りなよ」

とぼくが言った。ゴッドファーザー？　いや、シティオブゴッド。そっちかあ。と話していたけれど、山吉が透明なビー玉のような目でこっちを見ているのに気がついた。ぼくが気がついたことに気がついた山吉は自然な表情に戻って、あの映画はやばい。と言った。高島も無理に調子を合わせただけかもしれなかった。ぼくに。ぼくは緊張のせいか心

臓が鳴っている。と気づいた。

母親の働く風俗は北口の繁華街近くにあり、そこらへんの店は枡田組の息がおそらくかかっていて、と無意識に考えていた。揉め事が起きるかもしれない。ということよりも、ぼくの眼の前で広がっている日常に、ぼくが保っている日常に、母親という異分子が間接的に入り込んできたことに緊張していた。それはいつでもぼくの日常を瓦解《がかい》させる可能性を孕《はら》んでいるものだった。

二人はぼくの母親が駅近くの風俗で働いているのを知っていた。と考えたところで、高島の他人事感の強いあの言い方はその話題を遠ざけるためのものかもしれないと気付いた。誰か他の人がいればぼくらはぼくらで予防線を張り会話の舵《かじ》を取っていた。それはぼくらですら気づかないところでこっそりと行われていた。ぼくの立場が池井でも山吉でも高島でもぼくらはそうだった。

「どうせ大したことは起こらないよきっと」

とそいつは言った。まあそう思うよ。とぼくらも言った。そういう小競り合いの噂なら山ほど流布していたからだ。それくらいならぼくらもよく耳にしていた。

放課後、ファミレスに行って駄弁っていた。途中、高島が池井に連絡したが、返信はなかった。深夜料金を取られるのが馬鹿らしく、十時を過ぎる前に解散した。

ぼくと別れた高島は自転車を漕いでいた。ひとりで住んでいる家に帰っていた。慣れなかった。慣れないな。と思った。中学に入るタイミングでひとりになった。それまでは姉と二人だった。三個上の姉は中学校を卒業すると共にいなくなった。同じマンションの別の部屋に灯がともっているのを見て、感慨に耽《ふけ》ってしまう。そんな自分も厭だった。頭では受け入れているつもりだが、ふとした瞬間の空虚に哀愁めいたものが流れ込む。俺は何かできたんじゃないか。父親が首を吊る前に。いや。そもそも俺が原因だったのではないか。堂々巡りだった。自分で自分を責め立てるのも疲れてくると、今ここにいない姉と母親、別の家庭を持っていた、父親が死んだときには既に別の家庭に所属していた母親を恨んだ。そうする自分も嫌いだった。父のことも姉のことも母のことも認めていた。それぞれの苦悶があると知っていた。だが他に術はなかった。人生における暗い力から逃れる術が。三人家族がスーパーから帰っているのを目にした。まだ小さな子供は両親の間に挟まれ、手を繋いでいた。このまま帰るのはやめようと思った。踵《きびす》を返して荒川の土手を目指した。

川岸に立った。あの日燃え上がった場所にも既に草木が育ち伸びている。カメラを取り出して少しそこから離れて、その茂みを、草木を撮影した。

四年の歳月を経て育った草木が風に揺れている。それぞれの茎は葉は別の方向を向いている。同じ風を受けながらもそれぞれがそれぞれに揺れている。ただその根は同じ地帯にある。同じ地の同じ場所に根を張り、それぞれが銘々に揺れていた。流水の音が耳を撫でる。葉が擦れる音が追う。四年間が育っていて四年間が重層的に鳴っていた。

レンズを通してそれを見た。草木とレンズとの間、数メートルの間に、家族がいたかもしれない未来、現在、過去が流れて、ぼくと池井と山吉と出会わなかった未来、現在、過去が過《よぎ》った。今自分が見ている景色が、今、といった瞬間に指の間から零れ落ちていく現在の草木が、途方もなく美しいものに思えた。この美しさを、この現在にレンズが捉えた映像の美しさを、映し出すことができるだろうか。ひとつの映画の中で、ひとつの映像という現在形の中で、過去と現在と未来が衝突して混在する様を描くことはできるのだろうか。

「生き続ける」

高島は思った。死んだ親父は生き続けるんだ。俺が過去から連綿と続く現在に未来を差し込んで、そうした現在を繰り返し生みだして、親父は生き続ける。そうすれば母親も姉も妹も肯定できるかもしれない。俺はそうした態度を持つことができるかもしれない。と考えたが、広義で曖昧な言葉をつかって漠然としたイメージを捉えようとする自分を嘲笑した。俺は馬鹿だから言葉じゃ足りない。足りないけれど、言葉というひとつの道具を用いずに使わずに、頭の中をひとつの現象として、映像で映画で映しだせないだろうか。そしてそれもまた漠然としている。と気づいている。途方に暮れる。

カメラを回すのを止めて時間を確認しようとスマホを開くと、池井から二件の着信があった。すぐに折り返す。三コール目で池井は出た。ざ。ざ。と数秒だけ砂嵐が鳴って、電波が正常に通った。

「どうした？」

どうした？ と自分の声が向こうで反復して聞こえた。きちんと届いている。と思ったが、返事はなかった。

「聞こえる？」

聞こえる？ と自分の声が再び聞こえる前に、ああ。と池井が答えた。ああ。と言ったがその声はあまりに小さく、ああ。と話しているのが聞き間違いかと思うほどだった。草木が鳴っていて、流水音に包まれていた。そっちのほうが近くに聞こえた。

「親父が自殺した」

え？

今日、

「親父が自殺したわ」

そう言ったのは確かに池井だった。池井の声だった。

「ようわからんわ」

なにが？

「親父が自殺した」

ってことが。

「今どこにいんの？」

家。親戚とかが来て話し合ってる。

「大丈夫か？」

思考を介さずに声が飛び出て大丈夫なわけはないと後から気づく。

「ああ。とりあえずは」

俺よりも、母さんのほうが心配かも。

「なんで？」

ばあちゃん。親父の母さんが、母さんに当たってる。でも、母さんは暴力振るわれてたって、言わない。言わないから、責められてる。

「わからん」

池井は家の外にいた。電気屋の壁にもたれかかっていた。親父がやっていた電気屋。は既に買い手はついていた。夏が終わる頃には全てを明け渡すことになっていたその建物の壁に体重を預けている。家の中で点いている橙の灯が暖色に見えなかった。家には父親の死体があった。腐らないように冷房を最大限利かせていた。そのために腹を下した。池井の胃はまだきりきりと鳴っていた。親父は自殺したのに、家の中では罵詈雑言が飛び交っていた。親父が死体になったこと以外あまり変化はなかった。

「わからん、なにがなんだか」

高島は立ち尽くしていた、四年前に燃え盛る炎を見て立ち尽くしていた場所で。過去の高島と池井が出会った、交錯した場所で。その場所で、言葉が見当たらない。頭の中を巡る様々は声にはならない。川が流れている。その音だけが鳴っている。ひどく遠い場所へ来たような気がした。

「今家出てこれんの？」

そう言った高島は回想していた。思い出したくないことを池井の父親の自殺という事実に出来事に掘り起こされた。

ある日学校から帰ったらマンションの駐車場にパトカーがとまっていた。それが自分に関わることとはつゆ知らず、いつものように家に向かった。姉がいた。制された。パトカーに乗って警察署にいた。数時間の拘束だった。姉だけが大人と話していた。パトカーに乗って警察署に来たのに、その大人たちが警察だとは思わなかった。ひとりだった。ひとりで対峙していた。父親の自殺に。待合室の白い光は暗闇だった。時間は流れていなかった。人が行き交うのを見ていたが、それを人とは思わなかった。死者に見えた。自分が生きているとも思えなかった。死者に近かった。母親は来なかった。母親はどこかで生きていた。知らないがそのはずだった。母親がどこかで生きていて近くにいた父親が死んだの

だから、自分が死んでいないほうがおかしかった。一応、

「まだ話し合いしてるから戻らなきゃだけど、」
一、二時間後なら、たぶん出れる。
「じゃあ、終わったらまた教えてくれ」

うん。

「なんかあったらすぐ連絡しろよ」

なあ。

「どうした？」

自分の父親が妻も子供も殴る奴でさ、ギャンブル狂いでさ、そいつが自殺してさ、どうしようもない人間だなって思うんだよ、思うんだけどさ、高島の親父がどんな奴かまで知らないけどさ、でも自殺してるわけじゃん、自分がどうやって生きたところで、

「自分がそうならないわけがない」

って思わないか？

高島は口を開けなかった。立っている。と考えていた。自分が立っている。と考えたのはそれが瀬戸際で保たれていたからだった。身体の内部で引力が生じてそのまま特異点となり飲み込まれてしまいそうだった。

「そう考えるのは弱ってるからだ。弱った人間だからだ」

と高島は言えなかった。事実、過去の高島もそうだったからだ。幾度もそう考えてきた。父親がそうなのだから、自分がそうでないことはない。俺にも自殺の機会は遍在している。そういった行為に開かれた血が流れている。その肉体で生きている。そう考えて暮らしてきた。でもそれは自分で考えることを放棄した人間の言説だ。諦めた人間の言説だ。そう気づいた。でも、

今それを言ったところで、誰も立ち入ることのできない深く暗い場所にいる池井の救いにならないことはわかっていた。現実を突きつけることは救いではなかった。それは自分に経験があったからそう考えるのも勿論そうなのだが、池井のことはわかっていた。高島は池井のことを知っていたのだ。高島は池井が考えるよりも池井として立っていた。

沈黙のあと、

「とりあえずまた連絡する」

そう言ってから電話を切って、池井は深く息をした。その息に重量はない。吐きだせる重みはない。なにもわからなかった。自分がなにをすべきか。どうするべきか。なにが起きたのか。

早朝、父親が自殺した。のは母親が見つけた。車の中で死んでいた。仕事用の車で。練炭自殺。ふるくせえ。が最初の印象だった。そして死が追ってきた。一日中泣き続けたが、何の為の誰の為の涙かわからなかった。悲憤が身体の中で渦を巻いた。感情も思考も

すべて凌駕《りょうが》して、捉えようのない悲憤だけがあった。それが悲憤かもわからなかった。強いて言えば悲憤で、ただその言葉で捉えきれない感情や考えは無数に転がっていた。ただ、それをいちいち手に取って眺める余裕はなかった。

親戚が来たのは夕方だった。言い争いが始まった。感情を露わにした大人たちは人間には見えなかった。獣にも見えない。肉塊だった。自分が遠のいた。自分がただの名をもたない人間の形をした置物に感じられ、自分がどこかに遠のいていった。池井はそこに置かれていただけだった。自分がどこにいて何をしているのかわからなかった。高島に電話を掛けた。なあ、俺の親父も自殺した。え？

「親父が自殺した」

その声がスマホから聞こえて、それがたしかに池井の声だと実感してから、電話を切るまでの時間を高島は時間として認識していなかった。川が流れていたがそれは時間とは無縁だった。

「わからん、なにがなんだか」

「自分がそうならないわけがない」

って思わないか？

電話での会話を無意識に反復した。会話ではなかった。反復でもなかった。池井の言葉だけが鼓膜にこびりついた。それが何度も木霊《こだま》した。

池井にふりかかった悲劇を想い、そして自分の無力さを感じた。いや無力さと言うのは甘えだ。無力だとした時点で匙《さじ》を投げている。だが、どんな言葉を掛けてやれるというのか。なにをしてやれるというのか。疼《うず》いた。胃の底が疼いて気管が震えた。山吉とぼくのことを考えた。池井と自分のことを考えた。池井を襲う暗い力は四人を覆うものだった。俺らは誰に奪われているのか。誰になにを奪われて生きているのか。疼いた。疼きは怒りだった。叫んだ。じめついた空気に苛立った。苛立って叫んだ。重たい空気を薙《な》ぎ払うようにして摑んだ石を川に投げ込んだ。ぽちゃん。と情けない音が鳴ってその場にしゃがみこんでまた叫んだ。

高島は十七年目の身体でそこにいた。光すらも暗闇で、時間の流れがない場所だった。そこにいたのは生きた死者だった。生きた死者が行き交っていた。

そこに俯《うつむ》いて自分の膝頭をぼうっと見つめる少年がいた。それは十歳の高島だった。

「こんばんは」

と言ったのはおおきい高島で、自分がこんばんはと言って驚いた。その礼儀正しく慣れない言葉を言った自分が阿呆らしくてそのあまりの阿呆らしさに驚いたのだ。

ちいさい高島はそれを聞いていた。聞いていたが返事はしなかった。知らない人には返事をしない。とまだ一緒に暮らしていた頃に母親に刷り込まれていた。そう言われていたことを思い出し、今ここにいないその人を憎んだ。自分を産んだにもかかわらず家族だったにもかかわらず他人だった人間を呪った。

おおきい高島はちいさい高島の隣に座った。四つの椅子が繋げられたような長椅子で、グレーの塗装がされて繋がれたパイプの上に青いカバーのクッションが取り付けられていた。その塗装も剝げていてところどころ赤茶になっているのが目立った。

大丈夫か？　そう声を掛けた。ちいさい高島は答えなかった。返事がないのでおおきい高島は何も言えなくなった。それでもしばらくしてまた声を掛けた。大丈夫？　と。それにも返事はない。お前は。

「お前が思ってるより俺はお前を知ってる」

だから話していいんだよ。おおきい高島は言った。だがそれでもちいさい高島はなにも言わない。なにも言わず泣きも呻きもせず、ましてや動きもせず、ちいさい高島はただ座っていた。おおきい高島は呆然とした。自分がなぜここにいるのかわからなかった。それでもしばらくそこにいた。ただそこにいた。

そしておおきい高島よりもさらにおおきい高島が来た。おおきい高島はさらにおおきい高島を高島だと思わなかった。さらにおおきい高島は少しだけ笑った。おおきい高島も思わず笑った。それは安堵から零れる微笑みだった。おおきい高島が一粒の涙を流した。そして二粒、三粒、と数えきれるだけの雫が零れた。それを見たさらにおおきい高島は立ち去った。おおきい高島は涙を流してから数十秒後に鼻を啜《すす》った。のを聞いたちいさい高島はおおきい高島が泣いているのでは。と思った。死者の中でおおきい高島が生気をもった人間に感じられた。見てはいなかった。ちいさい高島はそれを見てもいなかったしそもそも動いてもいなかった。ただ聴覚でそれを感じ、死者ではない人が、熱を帯びた人間が隣で泣いているという事実に揺らいでいた心が更に震えて気づけば、

高島から電話を受けたぼくはすぐに自転車を飛ばして公園に向かった。池井の家から近い公園が集合場所だった。一番近いのは山吉だった。一番遠いのはぼくだった。からぼくは急いだ。

ぼくが急ぐあまり事故を起こしそうになりながら自転車を漕いでいるとき、山吉は既に公園にいた。電話を受けてすぐに家を出ていた。家に母親がいたが声をかけずに出てきた。夕食は用意されていたが食べなかった。ファミレスでは何も食べなかったので予めコンビニでカップ麺を食べてから帰った。それ朝食べる。とだけ残した。話しかけられるのを拒んだ。これはただの反抗期だろうか。と幾度となく自問した。反抗期だろうがなんだろうが、

「厭なものは厭だ、」

それで充分だ。と幾度となく結論付けていた。

山吉はじっとしていられなかった。身体をとどめておけば無数の想念が頭を駆け巡った。考えても考えてもなにもわからず、自分ひとりではどうしようもなかった。誰かが来るのを、ぼくか高島が来るのを、ひとり公園で待った。ベンチに座り待った。

又聞きだったせいか、最初はよくわからなかった。ただ事実だけがあって、感情は波立っていなかった。高島の言ったことよりも高島のそのどこか焦っている感じ、漂う悲愴感だけが電話を切ってからも残った。池井のことを想った。あいつはああ見えて繊細だ。と山吉は改めて考えたしぼくも高島もそれを知っていた。自殺。ってなんだろうか。よくわからなかった。高島が引き摺《ず》られながらも生きてきたものを池井も背負うのか。ただ漠然と恐ろしかった。その恐ろしさは他人事ではなかった。池井には申し訳ないが、池井のそれとは遥かに重量が違っているのは百も承知だが、それでもその恐ろしさはありありと自分の身に降り注ぐものとして感じた。感じていた。高島は、

高島は大丈夫だろうか。現在の池井と過去の高島が出会い、現在の高島は再び過去に翻弄されるだろうか？　また誰も手を伸ばすことのできない鬱屈した過去に引き戻されるだろうか？　池井はこれからどうするのだろうか。高校は？　やめて働くのか？　芸人を目指すのはやめるのか？　コンビはどうなる？　と疑問符の連続の果てにコンビのことを考えた自分の利己的な部分が次第にせり上がって嫌気が差したがそうではなかった。そうで

はないと自分でも気づいた。池井の人生に俺は乗ったのだ。そして俺の人生に池井は乗ったのだ。それは芸人になる云々ではない。疾《と》うの昔に互いを引き受け合ったのだ。

拳《こぶし》を握って腿《もも》に打ちつけている自分に気付いて立ち上がった。園内を、それほど広くはない園内をぐるぐると歩き回った。ひとりでは請け負えない膨大で甚大な、それはなんと形容すればいいのかわからない。わからないが募る。不意に、

わからないで飽和する脳内に自分の父親のことが差し込まれた。それは暗い部屋に光が差し込むような洗練された情景のようなものではなく、肉塊にナイフがじわりじわりと刺さっていくような生々しいものだった。そして父親のことを考えて、なぜ今？　と考えたが、誰かの父親が死んだら自分の父親のことを考えるのは当たり前だった。と気づいた。だが、山吉の父親は父親という言葉でしか関係性を持たないただの他人だった。

あの人が自殺をしても俺はなにも思わないだろう。有名人が自殺したときに得る感慨しか得ないだろう。いやそれ以下だろうか。人がひとり死んでいる。人が死ぬのは悲しいことだ。倫理的規範とかではなくやはり悲しい。悲しいけれど、一体その先になにを想うだろう。ききい、

と甲高いブレーキ音と共にぼくは公園に入った。

「山吉」

俯きながらふらふらと歩いていた山吉は夢遊病者そのものだった。ぼくの声に反応し

て、よう、と言いながらそのままの足取りでこっちにやってくる。ぼくは自転車から降りてスタンドを立てる。

聞いた？　とぼくが問う。聞いた。と答える。なんかな。なんだろうな。ああ。なんないだろうな。それからしばらく口を閉ざしたままだった。お前さ、と再び山吉が口を開いたとき、ぼくらはベンチに座っていた。

「父親いないいじゃん？」

ああ、いない。どこでなにしてるか知ってんの？　いや。知らない。そっか。お前は？　あれ、手紙来るんだっけ？　そう。会ったことは？　ない。そうか。ああ。知らない人から手紙が来るのって、

「変な感じだね」

とぼくが言って言われた山吉は、ああ確かに。と口にしながら確かにと思った。父親が一般の父親という存在からかけ離れていて異質で、だからこそ、会ったことのない人から手紙が届くこと自体が単純におかしなことだったんだ。と初めて気づいた。そんなおかしなことを、

「どう思ってるんだろうな、」

俺の会ったことのない父親は。と山吉が言った。父親から手紙を受け取ったことなどないが、ぼくはその言葉をそのままぼくの言葉として受け取った。

「ぼくが会った記憶のない、つまりはぼくからしたら会ったことのない父親は、ぼくの存在をどう思っているんだろう、」

生きていてほしいと思うだろうか。元気でいてほしいと思うだろうか。忘れているだろうか。いない方がマシだと思うだろうか。

そしてぼくは山吉に戻る。手紙を書くってのは、ちゃんと認識してて、認識っていうのはつまり、いることを知っているんじゃなくて、夕焼けを見た時とか、そういうふとした瞬間に、元気にしてるかな、とか考えてるんじゃない？

と話しながらも、しゃべりすぎている。とぼくは思った。けれどしゃべった。山吉の代わりにぼくが話そうと思った。この世界のどっかにいる、っていうのじゃなくて、ちゃんと、

「お前のお父さんの頭の中にはずっとお前がいるんじゃない」

と言ってから、山吉も知らないのだから当然ぼくも知らない山吉の父親のことを根拠もなくよく言い過ぎた。と自省したぼくに、いやでも、

「ただの義務」

って感じなんだよ。生まれてきちまったから仕方なく、って感じがするんだよ。と言った山吉は虚空を見つめている。のをぼくは見た。なんて書いてあるの？　なにに？　なんて書いてあるって言うか、手紙にはどんなことが書いてあるの？　まあ、くだらない時事

のこととか、元気かとか、

「そんなもん」

と言った山吉は嘘をついていた。手紙なんて見ずに捨てていた。ぼくはそれを知らなかったが、どこか遠くを見てぶっきらぼうに、話を断ち切るようにするその言い方は、嘘をついているときの言い方だと知っていた。

「返事は書いたの?」

といつかに返事なんて書かねえ。と言っていた山吉を思い出して聞くと、書かねえよ。と山吉が言った。そしてぼくが来たのとまったく同じ感じで、ききい。とブレーキが鳴って高島が来た。肌を青白く照らす公園の灯のせいもあろうが、どこか疲れて見えた。よう、とさっきぼくにしたのと同じように山吉が高島に、よう、と言ってぼくも言って高島もそう言った。

「あれから連絡来た?」

とぼくが問うと、いや、と答えた。とりあえず近くの公園いるから連絡して。って伝えとく。と高島はスマホを開いた。

「俺らもいるのは知ってるの?」

と山吉が聞いたことをぼくも聞こうと思っていたところだった。自分になにかできることはあるだろうかと考えたが、ぼくがいるのは果たしていいことなのかわからなかった。

負い目を感じた。父親が自殺していない人間がここにいるべきか。山吉もそう感じるかもしれないと思っていたがおそらくそう感じていた。ああ、

「それは言ってあるよ」

そっか。と山吉が言って、でもなんて言うか。ひとりでいたほうがいいのかな。とか。ぼくとかいていいのかな。って思った。

「なにができるか」

って考えると。と言ったぼくに、俺は、

「誰かにいてほしかったよ」

俺のときは。まあ、わかんないけど。経験者はかく語る。と言って高島は笑ったがその笑いは乾いていた。

池井はどうすんだろうな。と山吉。なにが？　これからだよ。これからって例えば？　高校辞めたりすんのかな。さあ。でもそれはないんじゃない？　あいつのとこのお母さん働いてたし。大学行けって言われてたから。ああ言ってたなそんなこと。たしかに。だからそれくらいのお金はあるんじゃない。でもあいつの親父、借金あったじゃん。なんか会社も売るらしいよ？　それは聞いてないな。いやお前の前でも言ってた。そうだっけ。売る人も決まってるって。ああ。だから電気屋の二階使えなくなるって。そう。言ってたわそういや。

「なんで死んだんかな」

と言ったのはぼくだった。

さあ。わからんけど。借金かね。と高島。死ぬことないでしょでも。と山吉。まあ、わからないよ俺らには、

「大人になんないと、わかんないこともあるんだろうね」

きっと。と言った高島は、でも池井はな。なんとも言えないな。と付け加えた。

「大人のことは知らねえけど」

とりあえずまあ。俺らにできることがあれば。と山吉は地面を見ながら言った。大人。と言えばあまりに広義だけれど、今二人の言った大人、への認識が高島と山吉で違うことが、もちろんぼくらも違う人間で、抱えている問題も違うのだけれど、ただ一瞬だけ生じた齟齬《そご》と緊張の高まりのようなものをぼくは恐ろしく感じた。その恐ろしさはただ高島と山吉が衝突することが恐ろしいわけではなくて、そうではなくて、もっと根本的な、例えばぼくが今立っている場所が地盤から揺らいでしまうような、そんな恐ろしさを感じた。ただそれもぼくら三人の池井を気に掛ける気持ちで静まった。霧が晴れるように音もなく姿を消した。

高島は山吉が地面をぼうっと見ているのを見ていた。ぼくは高島を見ていた。ぼくと山吉はベンチに座ったままで高島はぼくらの前に立っていた。

会うのがしばらくぶりならば他の話もできようが、ついさっきまで何時間も駄弁っていたばかりのぼくらに、池井とその親父の自殺以外に話すことはなかった。銘々が黙り込んでいた。黙り込んではいたが同じことを考えていた。池井のこと。父親の自殺のこと。そして各々の父親のこと。

なあ。どうする？　どうするってなにが？　どういうテンションで話せばいいかな？　いやわからんよ。おれも。合わせる？　池井に？　そりゃそうでしょ。なんか緊張するな。緊張って言い方も失礼だけどな。そうか？　あいつの感じ次第だな。でもまあ。あいつのことだから、逆に俺らに気遣いそうだな。たしかに。むずいけど。でもまあ。でも？　気遣わせないように。そうだな。ぶるるる、

と高島のスマホが鳴る。高島が出て、おう。そっか。わかった。おけ。としか言わなかったが、山吉が、来る？　と聞くと、高島が頷いた。もう歩いてるって。と言った高島の背後の遠くのほうに人影が見えて、それは池井だった。歩いていた。一瞬、目が合った気がしたがそれは気のせいかもしれなかった。池井はぼくらに気付いてはいただろうけど、それでも公園に入って距離が数メートルに縮まるまで足元やそっぽを見ながら歩いていた。よう、

よう。おう。よう。から少し沈黙があった。

「大丈夫か？」

と高島が言った。うん。まあ。落ち着いた。と言った池井の肩を山吉が軽く叩いた。山吉は立ち上がっていた。ぼくも思わず山吉を真似たが、真似た後にダサいな。と思った。悪いななんか、

「わざわざ来てもらって」

いや。いいよ別に。そういうのは。大したことないし。どんな感じなん？　と聞いたのはまたしても高島だった。どんな感じ、なんてあまりにも漠然とした質問だけれど、可能な限りの遠回りを図ったのだろうな。とぼくも山吉も知っていたし池井も多分気づいていた。精神的には少し落ち着いてはいたので、池井もそれくらいなら気づけた。とりあえず、

「腹減ったからコンビニ行こうぜ」

なんも食ってないん？　いや、野菜と米なら食ったけど、

「家に死体あったからか肉が出てこなかった」

と池井が言った。いつもの声音だった。ぼくは笑った。思わず笑った。不謹慎か否かの判断よりも先に、突拍子のなさと、コンビニと死体のミスマッチの感じが途轍《とてつ》もなく面白かった。そして笑ったことを後悔したが、山吉も笑っていた。高島も浮かべているのは苦い笑みだったが内心では面白がっていた。

「お前がそのスタンスなのは違うわ」

と山吉が言った。絶対に違うね。ぼくも言った。だってもう、

「仕方ねえもん」

と言った池井の声音には今度は些少の陰りが感じられた。まあな。そうだよな。と呟いてぼくらは歩いた。ぼくと山吉が前で高島と池井が後ろの四角形のまま歩いた。で、高島、なんて言ったっけ？　ああ。どんな感じなの。って。そうだそうだ、とりあえず、

「自殺じゃなくて事故死ってことにするらしいから」

お前らもあんま言わないでな。ああ。わかった。ぼくらの間を、ぼくら四人をそれぞれ結んだ間を風が吹き抜けていく。なんかこう。なんて言うんだろ。と池井が話しはじめる。それはスポーツの試合後の選手インタビューと似ていて、話すことなんて特にないのに無理に話そうとしているような、聞かれたから求められているから、聴衆がいるから懸命に言葉を探している感じで、別にぼくも高島も山吉も詳しく聞きたい、というようなつもりはなかったのでそうさせるのを申し訳なく思った。でもそれを掻き消せるほど、話したいことも話すべきことも今のぼくらにはなかった。なんていうか、

「ショックはショックだけど、そんなにだな」

そんなになの？　いや。めちゃくちゃ悲しいし、昼間めっちゃ泣いたけど、なんか、元々借金もすごかったし、会社も売ってたし、勿論自殺するなんて思ってはないけど、

「親父の見てた方向にそういうのもあったのかもしれない」

まあ今思えばだけどね。今だから言えるけど。そういうことね。そりゃショックだけ

ど。でも、山ほどショックなことはあったから。もともといい人間ではなかったから別に。まあそっか。借金とかは？　ああ、

「死んだから結構チャラ」

遺書に書いてあったけど。○○さん、云十万《うん》。○○さん、云十万。って。ああ、

「懐かしい」

俺のにも書いてあったわ。と高島。遺書なのにめっちゃ字汚かったわ。ああ俺も俺も。

「遺書トークやめろよ」

と山吉が笑いながら言った。話題がニッチすぎるって。ぼくは言った。ぼくも笑っていた。なんかでもさ。会社立て直すので、闇金？　みたいなところからも借りてたっぽくて、なんかそれで結構追い詰められてはいたらしいのよね。ギャンブルもやってたからいけないいんだけどさ、

「なんで親父が自殺したのか」

わかんねえわ。と変わらない口調で池井が言った。なんで。の意味がぼくにはあまりわからず山吉を見た。そりゃ借金は借金だし自分で死んだんだけどさ、

「ほんとに最低でおわってる親父だったけど」

死ぬことはなかったと思うんだよね。そういう人たちに手を貸す狡《ずる》い人も仕組みもさ、なんか。いや、

「やめようこの話」

と言って池井はわざとらしく目の前で虫を払うように手を振った。まあ。言いたいことはなんとなくわかる。気がする。なんとなくね。と高島が言った。そういうのは世の中にいっぱいあるんだろうな。

「てかそういうもんなんだろうな」

と池井が言うのをぼくは見ていなかった。山吉は振り返って見ているようだった。ぼくは誰も歩いていない先の暗い道を見ていて、脳裏には母親がいた。愛憎が並立している。愛情と憎しみ。よりも慈悲と恨み。一見相反する感情がせめぎ合っていた。

コンビニに入っても池井の調子は変わらなかった。入るなり、冷房さみい。でも俺ん家のほうが寒いよ今。死体腐らないようにしてるから。と言った。ATMの自分の口座を開き画面が切り替わる前にぼくらを呼んで、遺書にいくらか振り込んどいた。って書いてあったんだよね。百万くらい入ってねえかな。と言って笑っていた。振り込まれていたのは十万円だった。

「よかった、」

何十万も入ってたら畏《おそ》れおおくて何にも使えないわ。と言って笑った。ぼくは笑ったが、それは笑わなきゃと思ったからだった。それは高島も山吉もそうだった。実は池井もそうだった。

池井はカップ麵を買ってぼくらはアイスを買って、駐車場に座り込んだ。時刻は二時を回ろうとしているところだった。ぼくと高島と山吉の三人で話したようなことを池井にも話した。大抵は他愛のないことだった。池井は笑っていたし、ぼくらも笑っていた。でもぼくは、この後池井は家に帰らないといけないんだな。と思った。疲れているだろうし寝た方がいいだろうし、でもそしたらひとりになる。今楽しく笑っていることは、なにかの励みになるのだろうか。なにかを忘れさせることができるのだろうか。わからないけれど、これくらいしかできないな。と考えながら寝転がった。

視界の上の方で、コンビニの看板や低い天井の光がちらついた。下の方には電線が横に三本走っていた。そこに鳥が止まっていた。こっちを見ていたな。と思った。そして鳥は上空へ飛んでいった。なにしてんだこいつ。とぼくを見て池井は思った。池井も寝転がってみた。高島は今日ばかりは撮影していなかったが、痺れを切らしたのかカメラを取り出した。誰を撮るでもなく、ぼくら四人のいる空間を撮っていた。

コンビニの屋根よりも電線は高くにあった。電線の上と下はまるで水槽の内外のように入れ替わらない気がした。六月の終わりにしては冷えていて、それでいて重たい空気は夜に充満している。それを幾度となくぼくらの笑い声が裂いた。

七月に入ってから連日雨が続いた。本格的な梅雨だった。一日中雨が降ることも多かったが、ゲリラ豪雨が目立った。快晴が曇天に変わり、あっという間に豪雨になった。街全体が沈みきり、湖になるのも時間の問題と思われた。

そんな隔離されたような街の一部の界隈《かいわい》には緊張感が張り詰めていた。桝田組と西高、とその背後にいた群馬の組、の対立は激化していた。群馬の組は高校生を手駒として使えるので消耗せずに済んだ。桝田組はそんな西高の面々を鎮めるために数人を襲撃した。しかし間違いがあった。ぼくらの高校の三年生を誤って襲撃した。ぼくらも面識のある人だった。それに感化されてぼくらの高校の過激派と西高が手を組んだ。事故により着火した種は二週間をかけて徐々に広まり熱を強めた。校内はどこか騒然としていた。絶えずざわめいていた。その二週間、

池井は姿を現さなかった。ぼくらのグループラインは動かなかった。ぼくと山吉は高島が連絡を取っているのを知っていた。高島がそう言っていた。だからぼくらは自分の出る幕ではない。と考えていた。その間池井の父親の葬儀が行われたが、それは親族だけで行われた。ぼくらは二週間近く池井と顔を合わせなかった。ぼくらが出会ってからはじめてのことかもしれない、

と思ったぼくは深夜十二時半、いつものように徘徊《はいかい》しようと家を出たが、自転車に乗って池井の家に向かった。ただの思いつきだったので、連絡はしなかった。会えるとも思っ

ていなかった。いつも集まっていた電気屋を見て、池井の部屋に電気が点いているのを見られればいいな。となんとなく思っていた。それさえ見ることができれば十分な気がした。

　雨は降っていなかった。薄い雲が空を覆っていた。星明かりは弱かった。ぼくの場所からでは星座を結べなかった。雲の向こうで星々が爛々《らんらん》としているとは思えなかった。路面は濡れていた。月光も等間隔に並んだ街灯の光も重たく暗い色をしたアスファルトに吸収された。どこまで直進しても暗闇からは抜け出せなかった。景色の変わらなさはぼくの中で不安へと変わっていった。漠然とした不安だった。なにが不安かもわからなかったが、自分がここに、夜中にひとりで自転車を走らせているここに、ひとりで存在していることがにわかに信じられないように思えた。心臓の脈動を強く感じた。それは運動のせいではなく動悸だった。と思ったがそれを考えないようにした。意識のやり場がなかった。景色は一貫して暗闇だった。自分の肉体に追いつかれないように夢中で漕いだ。

　池井の家に一切の明かりは灯っていなかった。闇夜に溶けていた。インターホンを鳴らそうか逡巡したができなかった。自分にその権利はないように思えた。電気屋の入り口に目を凝らすと、廃業したという旨の張り紙がされていた。胃の底が震えて涙腺が緩んだ。意味のない涙だった。何故そんなものがこみ上げるのかわからなかったが、強いて言えば悔恨だった。なにが悔しいのかもわからない。今目の前にしている現状が、そのまま今の現状としてあることに苛立った。ぼくは馬鹿らしいな。と思った。馬鹿だ。ではなく、馬鹿らしい。と思った。ぼくは馬鹿らしい。と言うのが正しい日本語ではない気がしたが、ぼくは馬鹿らしかった。

自転車のペダルに再び足を掛けて踏み込んだ。重たかった。嚙み合わせが悪かった。油をささないといけなかった。

山吉のもとには会ったことのない父親からの七月分の手紙が届いていた。池井の父親が死んでから初めての手紙だった。今まで内容を読んだことがなかった。

「読んでみよう」

と決意を固めたわけではなかったが、なんとなく目を通すつもりで封を切った。便箋は一枚だった。縦に入った罫線が裏から透けて見えた。三つ折りにされた便箋は三重になっているにもかかわらず、その白さが目立った。

山吉　祐一様

七月に入り、本格的な夏が始まりましたね。

熊谷は今年も暑いでしょう。

こっちも熊谷ほどではないですが暑くなります。

熱中症で具合を悪くするご高[redacted]齢の方が毎年多いので大変です。

体調には気をつけてください。

鳥飼　剛

読み終えるのに一分もかからない短いものだった。メモ書き程度のものだった。細いボールペンで書かれていた。途中、誤字はぐるぐると黒く塗りつぶされていた。

山吉は呆然とした。どこかで何か心が動くような、じわじわと温かいものがこみ上げてくるような、そんな手紙を期待していたのだ。そんな浅はかな自分を嘲笑した。

「こっち」

がどんな街なのかどんな天候なのか知らないし、父親が何の仕事をしているのか知らなかった。それは自分がこれまでの手紙を読んでこなかったからだった。自己紹介に近いことが書かれていたのかもしれない。情報が徐々に開示されていたのかもしれない。だが、そんなこと山吉は考えなかった。その手紙は山吉にとってはただただ不毛で、そして不完全で穴の空いたものだった。その穴は山吉と父親との記憶の空白だった。山吉も手元には、なさ、だけが残った。

感慨のなさ。感情のなさ。愛のなさ。情報のなさ。繋がりのなさ。哀愁のなさ。なにもない。俺と父親の間にはなにもない。例えば、

「母親と仲がよかったら、」

それを慈しむことができるだろうか。俺と父親との間のなにもなさは、俺と母親との間にあったかもしれない結びつきを、より強固なものに、より貴重なものに、より雅なものに、してくれただろうか。と考えるが母親との結びつきもやはりない。過度に描かれる悲劇の傍《かたわ》らで語られる美談に似たものもここにはない。嫌悪の対象としてある母親。は家にいなかった。出張かもしれなかった。遊び歩いているかもしれなかった。知らなかった。どこでなにをしているのか。

なにもなかった。なさ、だけがあった。誰もいなかった。当たる相手も、誰も。苛立ちがあった。苛立ちと、どうしようもなさが併存していた。苛立ちが募ってもどうしようもなくて、そのどうしようもなさが苛立ちを呼ぶ。相乗効果の苦悶があった。心は宙吊りにされていた。誰もいない家の中で、ひたすらに辛苦を与えられていた。辛苦と愛の代替にならぬ金銭だけが与えられていた。与えられ続けていた。

誰かに会いたかった。孤独を薄めてくれる誰かに。宙吊りの状態から引き戻してくれる誰かに。再現が必要だった。息苦しい世界でひとりじゃないと感じられたあの日の炎を。鼻腔に充満する一酸化炭素から得る淡い陶酔を。

握り潰していた便箋と封筒を持って家を出る。濡れた路面を踏みつける足取りは速かった。両脚はまるで自分のものではないかのように闊歩《かっぽ》していた。あ、

「山吉」

との声に山吉が振り向いて遣った視線の先にいたのはぼくだった。ぼくは池井の家から帰るところだった。同じ道を通るのが厭で少し迂回していた。

「だれ？」

山吉はわからなかった。街灯から遠い暗闇の中にぼくはいた。ぼくは自転車を山吉のほうへ進めた。なんだ、

「お前か、」

びっくりした。お前か。って言い方はないでしょ。

「なにしてんの」

と聞きながら山吉が片手に握りしめたものを見つけ、

「なにそれ、」

と間髪を容れずに続けた。山吉は悩んだ。これからなにをするか、自分がなにをしてい

るか、を話すかどうか。だがわざわざ秘密にする必要も感じなかった。ぼくは紛れもなくあの日あの場所にいた四人のうちのひとりだった。ぼくらはぼくらだった。まあちょっと、

「公園いくから来いよ」

と言った山吉にぼくはついていった。自転車は押して歩いた。こないだ、

「池井の親父死んだじゃんか」

ああ。それでさ、俺もなんかそういう気分になってさ。初めて父親からの手紙読んでみたんだよ。と言った山吉は、手紙の内容を読んでいる、とぼくに嘘をついていたことを忘れていた。けれどぼくはそれを嘘だと知っていたから問題はなかった。べつに、

「読む価値もなかったわ」

なんか、父親が死んで悲しめるあいつらが羨《うらや》ましくなっちゃったよ。勿論、あいつらにはそんなこと言えないけどさ。といった山吉とぼくは同じ気持ちだった。ぼくも似たようなことを感じていた。

ぼくらは公園に入った。山吉に導かれるまま園内の端、の茂みの合間でしゃがみこんだ。俺の父親、手紙読む分には医者？　っぽくて、金持ってるんだろうな。と言って、封筒の中に入っていた更に小さい紙封筒から抜き出したのは一万円札だった。山吉が広げると五枚あった。

「マジかよ」

とぼくは声を漏らした。ああ。これ毎月送られてくんの。やばいな。やばいよな。と言った山吉はポケットをまさぐり、ライターを取り出した。それを見てぼくは煙草を持ってきたか思い出せなくて、立ち上がってその在り処を探そうとした。ぶおっ、とヤスリが回ってライターから上る火は紙幣を焦がした。ぼくはなにが行われているのかわからず、見たことのない光景への反射で、倫理的にすべきでないことへの反射で、山吉の肩を膝で押し倒した。火が消えて暗闇が再び充満し、ライターは何処かへ飛んだ。山吉は尻を地面につけてから、咄嗟《とっさ》に片手で上体を支えた。地面の土は存分に湿っていて、パンツに水分が染み込んでいくのを感じた。

「てめえ」

なにすんだよ。ぼくのその行動は山吉には予想外のことだったが、驚いたと感じるより先に言葉が飛び出ていた。ぼくもだった。お前こそなにしてんだよ。と言ってから、自分が何をしたのか理解した。なにしてんだって、

「燃やすんだよ」

なんでそんなことするんだよ。なんでって、要らねえからだよ。こんなもん要らねえからだよ。と立ち上がった山吉はぼくの顔面に五枚の紙幣を投げつけた。焦げ臭いにおいが舞った。だからって燃やすことねえだろ。じゃあどうすんだよ。知らねえよそんなこと。知らねえけど、もっといい使い道があんだろ、

「燃やしたっていいことねえだろ」

と言ったぼくは、違う。と思った。そういう問題ではないことはわかっていた。が、自分が発した声は既に山吉の鼓膜を打っていた。山吉は驚いていた。ぼくがその行為を認めなかったことに。自分を自分に繋ぎとめておく為のささやかな儀式と、その間だけ現実とは違ったところで流れる時間を、ぼくが共有するのではなく、否定的な眼差しで眺めているのに驚いていた。お前はなんでわかんねんだよ。今まで一緒にいたのに、

「なんでわかんねんだよ、」

しょうがねえだろ。しょうがなくねえよ。お前ならわかるだろ。どんだけ腹立たしいことか。どんだけしんどいことか。それとこれとは関係ねえよ。

互いに言葉が飛び出ていく。怒りに任せた言葉は、怒りの反射で飛び出る言葉は会話を求めているものではない。けれど止まらない。ふたりの過ごした歳月があれば、出会う前からずっと了解し合った無数の歳月があれば理解し合えたはずなのに、今、たった今、瞬発的に生まれ見る見るうちに広がっていく亀裂を止めることができない。じゃあよ。と山吉はぼくに摑みかかった。殴られると思ったぼくは両肘を目の前に持ってきて防御の姿勢をとった。が山吉の目的は違った。二方向に力が働いて身体は捻じれて分裂しそうだった。じゃあ、

「てめえこれなんなんだよ」

と破れた衣服の間から、腹部が覗いている。そこには無数の痛みの堆積、時間の染み込んだ黒ずみがあった。まだ赤く同時に青いものもあった。赤いのに青いものもあった。てめえ、

「いつまでそんなことしてんだよ」

そんなことしてなにになんだよ。なあ。と言った山吉が揺れた。痛いのが好きならな、

「俺が殴ってやるよ」

と山吉が言った意味を理解するより先にぼくは殴られていて、倒れていると気付いたのはその後だった。重力がひどく強くて、そのまま地面に吸いこまれそうだった。痛かった。だせえことしてんじゃねえよ。高島も池井も気づいてるけど言わねえよ。なんかあんなら言えよ。そんなだせえことしてんのに、

「とやかく言ってくんじゃねえよ」

ぼくはその言葉を聞いているのかわからなかった。聞いてはいるが、それは頭の中に留まっていなくて、するすると毛穴から漏れている気がした。脳が揺さぶられてくらくらとした。逃げることのできない肉体を動悸が襲った。まずい。と思った。だがまずいと思ったときにはもう遅かった。酸素が足りなかった。足りないと錯覚していた。呼吸が加速する。肉体は意識から乖離して急く。

「一緒だろ」

山吉は呟いた。なにがいけないのかわからなかった。なぜぼくが認めないのかわからなかった。そういう行為でしか鬱憤や苦悶が浄化されないのであれば、他にすべきことがあるようには思えなかった。ぼくと同じだと思っていた。だからこそわかってくれると思っていた。というか互いにわかっている。と思っていた。山吉は頭を抱えた。前髪を両手で摑み掻き上げた。のをぼくは見ていた。ぼくは倒れこんだまま見ていた。苦しかった。

「一緒じゃんかよ」

山吉は叫びにならない叫び声を漏らしてぼくの臀部《でんぶ》を蹴り飛ばした。そして歩き去っていった。その背は小さくなっていた。のをぼくは横転した映像で眺めていた。

呼吸の加速する肉体から意識は離れ、意味もなく周遊していた。なぜ山吉は燃やしたりするのか。なぜぼくは自傷するのか。みんな知っていたのか。ぼくがそれをやめられないことを。それはそうだろう。ぼくがみんなのことを知っているのだから、みんなもぼくのことを知っている。山吉が燃やしていることだって、本当ならわかっているはずだったのだ。だからって。なぜ山吉は殴るのか。なぜぼくは殴られるのか。ぼくは痛い。山吉は痛い。ぼくと山吉は。いたい。くるしい。その場から動けなかった。動こうとする意識はもはや肉体と繋がっていない。横隔膜は痙攣《けいれん》する。手足の指先は震える。くるしい。くるしい。今ここに縛られる重力を疎む。止まることのない過度な呼吸と、出口のない思惟の円環へとぼくは幽閉される。そこは一時間が三時間にも五時間にも伸びる、切り離すことのできない人間の内側。

池井は父親が死んでからの時間の流れを感じていなかった。葬式が行われるまでは親族が家にいて、様々な事務的な作業を行っていたが、池井は何を任されることもなかった。周りの人間が忙しなくしているのをぼうっと眺めているだけだった。一切は池井と関係のない所で行われていた。

母親が義理の母に責められていた。なんでこうなる前に。あんたなんかと結婚しなければ。池井は、父親がいればな。と思ったが父親は死んでいた。

「お前の息子は、」

母さんを苦しめてきたんだ。そうは言えなかった。母を助けたい気持ちがあったが、これ以上誰かが苦しむ必要があるようには思えなかった。できるだけ母の傍にいて、できるだけ祖母を母から遠ざけ、双方を宥《なだ》めた。それも無心でやっていた。ある種の義務感だった。

「一体、だれが悪いんだ？」

誰が悪くなくても起きることは起きるものだった。池井はそう知っていたが、それでもその疑問符が付きまとった。

葬儀が終わって諸々のことが落ち着き始めた頃、池井は再び父親の死を身近なものとして、それは血縁としてではなく、自分の心情として、身近なものに感じた。確かにろくな父親ではなかったが、それでも父親だった。やさしい心を持っていることも知っていた。最後の会話を覚えていないのが心残りだった。その記憶の欠如はそのまま、ふとした時に訪れる空虚さだった。

「なぜ死んだのか。なぜ死ななきゃならなかったのか」

無駄だ。そんなことを考えても無駄だ。全ては終わったのだ。全ては終わり、それで俺はそのまま生きていくだけなのだ、

と思っていた矢先、コンビニで昔からの知人と会った。一個上の先輩で、西高に通っていた人だった。高校の先輩が桝田組に襲われた。と聞いた。襲われた中に知人がいた。や り返す。と聞いた。スマホで標的の写真を見たが、奇しくも見知った顔だった。親父の取り立てに来ていた若者だった。年は三つ四つ上だったが、池井が中学のときにひとつ上の世代で名をあげていた先輩だった。直接の知り合いではなかったが、いい印象はなかった。

男に頭を下げている父親を見たことがあった。忘れ物を取りに二階の作業場を覗くと頭を下げていた。ださいな。と思っていた。あんなガキみたいな奴に頭下げて、

「家では俺と母さんに手挙げるなんて、」

だせえよ。と思っていた記憶は、その後の出来事、つまりは父親の自殺によって別の側面を見せる。死んだ父親。最低だったが、自殺してきちんと自分でけじめをつける覚悟は持っていた。それは絶対に間違いだ。間違いだったが、その覚悟を池井は認めていた。自分よりも遥かに年下の男に頭を下げるあの表情に情けなさよりも真剣さを見出した。覚悟を見出した。

「人の弱みに付け込むような輩《やから》に、」

絡めとられなければ、あったかもしれない現在、未来が眼の前にありありと広がった。奪われた過去が重く心に圧し掛かった。何も生まないのはわかっていた。何も取り返しがつかないのはわかっていた。ただ、

「奪われたものは別の形になったとしても、」

奪い返さないといけない。取り戻さないといけない。欠如は空虚は自分で補わなければ。刻々と零れていく流れ出ていく、今、今の連綿、を途切らされることがあるようならば、自らの手で繋ぎ直さないと、そうでなければ俺は俺を認められない。俺はまだ終わらせてはいけない。

「手助けさせてください」

池井は核心からは程遠い適当な理由をつけてそう言った。先輩は温かく歓迎した。決行は七月二十一日。熊谷屈指の夏祭り、うちわ祭の中日だった。それまでに作戦会議や情報

収集等を行う。そう言われた。かくして池井に山吉とぼくと会おうという考えは浮かばなかった、

が、二週間のうちに高島だけは池井と連絡を取っていた。池井と直接顔を合わせていたのも高島だけだった。それは、高島からの誘いだった。なあ。

「久々に話そうぜ」

とだけ電話で言った。何かできるかはわからなかった。でも同じ経験がある人間として、傍にいて何か話をすることができる。何か話を聞くことができる。俺にはその権利と義務がある。友達として。そう考えた。池井はその頃、報復のメンバーに加わり、作戦会議にも参加していた。高島は知らなかった。池井がそうした形で鬱屈した過去、既に過ぎ去ってしまった出来事から抜け出そうとしていることを。だから高島は、池井が塞ぎ込んでいると思い心配して連絡した。池井は応じた。山吉とぼくには言わなかった。言うべきではない気がした。

平日の放課後、まだ夜も浅い頃だった。高島はひとりで駅近くの喫茶店にいた。落ち着かず、待ち合わせの十分前に着いた。端の席で店内に背を向け、窓のほうを向いて座っていた。逆光になる可能性があったからだった。時間ちょうどにやってきた池井を先に見つ

けたのは高島で、手を挙げ、おう、とだけ言った。

「久しぶり」

アイスコーヒーを二つ頼んでから、池井はそう言った。調子はどう？　うん、まあ。落ち着いた。あのさ、

「カメラ回しててもいいかな？」

カメラ？　そう、撮っててもいい？　いいけど別に。映画に使うかはわからない。ドキュメンタリーを撮るわけじゃないし。でも、

「撮っておきたいんだ」

とまでは言わなかった。使うかわからない。で止めておいた。勿論、いいよ。と池井が言って、高島はカメラを取り出す。高島にも覚悟があった。今日は今までの撮り方をやめるつもりだった。池井をただじっと映し続けるつもりだった。今日だけは、今この瞬間だけは、高島でも山吉でもぼくでも池井の父親でも家族でもなく、池井の物語であるべきだった。

カメラを起動させそれを胸の前で構えると、画面に池井が映った。最近、調子はどう？

「うん、まあ色々落ち着きだしたよ」

そっか。それはよかった。アイスコーヒーが運ばれてくる。池井は店員の方を見て礼を言った。のを画面越しに高島は見ている。高島も眼を離さずにお辞儀をした。なんていう

か、気持ちは？

「受け入れたつもりだけど、心残りも多いな。でも、そういうものなんだろうな」

まあ。そうかもね。お母さんとかおばあちゃんは？

「ばあちゃんはもう帰ったし、年だから仕方ない。って母さんもわかってるよ。俺もいるし、大丈夫だと思う」

学校は？　いつから来るの？

「全然決めてないけど、頼めばテストも夏休みに振り替えてくれるっぽいし、一学期はもういいかなって」

高島が相槌《あいづち》を打ってすぐに、

「他の二人は？　最近なにしてんの？」

と池井が聞く。まあ学校ではいつも通りだけど、遊んではないな。二人も想うところがあるんじゃない。お前のこと心配してるよでも。そっか。あ、でも、

「今年もうちわ祭は行こうな」

って話はしてるよ。池井のこと誘っといて。って。

と言われた池井には夏の記憶が蘇る。去年の一昨年の三年前の、出会ってから毎年同じ日にうちわ祭に遊びに行った記憶。明確に何年とナンバリングのされない記憶。どの年に誰がなにをして何を食べたかの具体性がなくて欠落ばかりしている、それでも同じ場所に

いて同じ時間をぼくらで共有していた、集合としての記憶。は話した高島にも深く根付いている。

一日目は出店が少なくてつまらない。三日目は女の子と行く。から二日目にしようぜ。と提案したのは山吉だった。十三歳の山吉だった。それに頷いたのも十三歳のぼくらで、池井の頭には何年もの夏の、息苦しい夏の特定の一日の記憶が巡り、そしてそれが何年もの約束になるとは当人もぼくらも考えてもいない山吉の言葉が発せられた日へと辿り着く。

池井は毎夏の約束を忘れていた。決して忘れるはずのない記憶が自分から抜け落ちていて、それは自分がただしい場所に立っていないことを意味しているように感じた。

「まあ、まだ約束はできないけど、覚えておく」

と濁した。が高島に話そうかと思った。その日は復讐の日なんだ。高島なら理解してくれるだろうかと思ったが、復讐という言葉でその日起こるであろう出来事を抽出した自分の冷静さが奇妙に思え、そのまま口を噤《つぐ》んだ。なあ、
俺も色々考えたんだよ。と言う高島は画面の中の池井を捉えている。池井が高島の顔を見ると眼が合って、それから高島が続けた。そんなことないと思うんだ、

「父親がそうだったからって、同じ血が流れてるからって、」

そうならないわけはない、ってことはないと思うんだ。と言う高島と池井の視線は衝突

している。一方、画面上で録画されている池井は誰の眼にも映っていない。今は。いずれは誰かの眼に映ることになるかもしれない。その可能性を存分に孕んでいる。高島は見るだろう。それを映画として、フィクションとして再編する時に。再編することを試行する時に。そして、そこに映っている人間は、地球にいる限り避けることのできない重力のような、現在という逃れようのない呪縛、から解き放たれた数か月後の来年の再来年の五年後十年後の池井が出会うかもしれない今の今現在の池井だった。

「そうならないわけはない、なんてことはないよ」

それだけは言いたい。それだけは俺が今も証明してるしこれからもそうだよ。と言った高島の言葉を聞いた池井は、父親と同じ暴力で解決することを決めた数日前の自分と、それを是認し続けている今の自分と、そして数週間後、忘れていた約束の日にナイフを隠し持って人混みに紛れ標的を追う自分を自分の中に認めた。一度は自分のもとを去った想念が高島により思い起こされ、反芻《はんすう》させられた。知らず知らずのうちに父親と同じ血に従っていた。その事実に慄《おのの》いた。おい、聞いてっか？　という言葉が鼓膜をゆすり、過去の未来の池井は今の今現在の池井に収斂《しゅうれん》する。

「ああ、聞いてるよ」

あんまりくさいこと言うからビビったわ。おい茶化すなよ。と微笑む高島を見て池井も微笑んだ。カメラはその池井のぎこちない笑みを捉えている。高島は知らない。高島は恥じらいを感じて窓の外に視線を遣っている。二人の視線はすれ違っている。

「俺はさ」

と語り始めたのは高島だった。映画にするってか。自分の話じゃないけど、でも映画を撮ることで、色んな自分の中のごたごたしたものを整理しようと思ったんだ。いや思ったってか、自分でも知らないところで、そうしようとしてたんだ。でも、これを機に。って言ったらお前に申し訳ないけれど、でも、なんというか、

「まずは自分でちゃんとした態度？　うん、態度、を持とうと思う、」

母親に会いに行こうと思う。そっか。ああ。今しかないと思った。こういうことを考えるのは。

池井はまだ揺れている。平行線上に広がった無数の自分の有り様に。暴力性の混じった血が確かに流れていたことに。そしてそれを覆い隠すように、そんな自分を見ることのないように、そして他にもましてそう話した高島を了解するために、高島がその高島を了解するのを後押しするために、池井は高島にカメラを寄越すように身振りで示す。高島は惑いながらそれを渡す。池井は画面を覗く。

話す人間は替わる。語る人間が替わる。明確に。変化して。でもそのままの流れで途切れることなく記録される。高島の物語になる。池井から切り替わった高島の、いや池井のであり高島のでもある物語、もっと言えば、カメラが捉え続けてきた、数か月捉え続け

た、入れ替わり立ち替わり語り手が替わり聞き手が替わり十分前に池井に継がれたぼくと山吉と池井と高島の物語、ぼくらの物語、の最後尾には数分前から高島がいる。高島は今、から少し遅れて、零コンマ何秒、いや光の速度だけ後れて映しだされる高島をやがては見ることになる。

その高島は編集された映画に登場するかはわからない。全ては数か月後にもしくは数年後に映画を生み出そうとする高島次第だ。だが、それは今の高島、池井の持ったカメラに話す高島がいなかったことにはならない。物語に編み込まれなかったとしても、今この瞬間のことを高島自身が忘れていったとしても、高島はたしかに今現在、池井に向かって話している。ひとり考えていたことを。ひとり考えてきたことを。

記憶に鮮やかに残ることもなく、物語に回収されることもない景色や感情や言葉や会話が十五年十六年十七年、連綿と紡がれてきた場所に高島も池井も山吉もぼくもいる。ぼくらが忘れてしまっても、覚えていなくても、たしかにそれらはある。いる。

むしろ、それらの景色や感情や言葉や会話は物語に回収され得ないことが大概なのだ。それらは常にひとつの物語を破綻《はたん》させるほどの瞬発力、爆発力を内在させている。どこに向かうか誰が何をするかわからない常に惑い揺れ動く今を抱えた人間が交差し交錯して織りなす綱渡りが延々と繰り返される日常のワンシーン、その都度《つど》奇跡的でだからこそ危険性を孕む一回性。その先が見えなくとも暗闇の中で不安定な綱の上を歩く、歩こうとする一瞬のことを、高島は臨場感、すなわち、今って感じ。と呼んだ。高島が自覚しているか否かはさておき、根底にはそうした思想があった。思ったんだけどさ、

「俺らは甘えてたんだよ、」

川辺を焼野原にしちゃったときさ、と言った高島は自分の語彙のチョイス、川辺と焼野原、という言葉の選択に少し笑った。笑った高島をカメラが捉え、それを池井が見ている。あの日にさ、自分だけじゃないって、思った。俺は。みんなもそうだと思う。

「そうだろ?」

それは絶対に必要なことだったよ。俺らにとって、でも、それだけじゃ駄目だったんだよきっと。それだけじゃ。

「大人になる前に、」

今ある自分と現状を認めないと。そしてそうなったのは、

「俺らのせいじゃないって」

認めてあげないと。過去の自分を解放してあげないと。ぬるい場所から抜け出さないと。被害者で居続ける自分から抜け出さないといけないんだよきっと。と言った高島は自己憐憫《れんびん》という言葉を知らない。轭《くびき》という言葉も知らない。

高島は池井の眼を見ている。その池井は画面に映った高島の眼を見ている。視線はぶつからない。がそれを互いに知っている。高島は画面の中にいる高島が池井と眼を合わせて

いることを知っている。お前も。今大変だと思う。頭ごなしに言っているように聞こえたらごめん。でも、でもやっぱり、俺はそういう風なことを考えたよ。

と言う高島は映像として記録される。残り続けていくだろう。それを見ることになる未来の高島は、その記録された高島を、今の今現在の高島の覚悟を請け負って生きるだろう。生きるはずだ。

池井はその覚悟を決めて話す高島を画面越しに見ている。レンズの隔たりの向こうの、情報として処理された高島を見ている。だが場を共有していた。熱を感じていた。その熱に、言葉を介さずに網膜を通さずに肌で感じ得る熱に、池井は惑う。まあ、

「言いたかったことは」

これくらいかな。と高島ははにかむ。ありがとう。と池井は言ったが、それは高島が池井のことを心配して話をしてくれたことへの感謝というよりも、この場で今話したことを話してくれたことへの感謝だった。気遣いではなく、その場に立ち会えたことのほうに感謝をした。

数十秒の沈黙が差し込まれ、高島はちらほらとくだらない近況報告をした。話したかったこと伝えたかったことを言い終えて緊張の糸が緩んだ。のを池井は感じ取った。そして胸を撫で下ろす。

高島の熱量がそのまま自分に向けられたたならば、俺は余計なことまで話してしまうだろ

う。そう感じていた。だが高島はそれほど横暴な人間ではなかった。池井のまだ腫れあがっている部分に手を伸ばして擦るようなことはしなかった。が、池井はまだ惑っている。まだ揺れている。父親の血に無意識に従っていた過去と未来の自分が再び池井の両隣に肉体を伴って顕現する。池井にはそれが感じられる。が高島はそれを知らない。

もう行くの？　と高島に聞いたのは一週間後の池井だった。そのとき池井は作戦会議に参加していた。まだわからなかった。自分がなにをどうするべきか。ただ現実問題として、乗りかかった船から離脱することができるかどうかはわからなかった。悩みながらも池井とは無関係な所で話は進み、そして時間も流れていた。行くか、

と一週間後の高島は独り言を呟いて家を出た。それは山吉がぼくを殴り、ぼくがそのまま過呼吸になって救急車で運ばれた日の翌日、正確にはそれは深夜だったのでその日、当日だった。ぼくは救急車で運ばれはしたものの病院に着く頃には落ち着きはじめたので自力で家に帰ったのだが、その間の記憶には靄《もや》がかかっていて鮮明に思い出すことはできなかった。山吉は家にいた。ぼくに対する憐憫と怒りがあった。そして山吉はひとりだった。

高島は母親とその家族がいる土浦《つちうら》へと向かった。地図上では熊谷から見て東にあるのだ

が、埼玉の県北から茨城まで東西に走る路線がないので、一度高崎線で上野まで出てから常磐線に乗る必要があった。

池井と話をしたその晩、母親に電話で連絡をした。お会いしたい、できれば妹とも。半分血の繋がった妹とも。余計なことは言わずそう伝えた。理由を問われたならば想っていることをそのまま伝えるつもりだった。大人になる上で、なろうとする上で、その必要があるんだと。だが、母親は何も言わなかった。震えを掻き消すように出した芯の通った声の意味は言葉にしなくても伝わった。二つ返事で今日の日を指定した。

大宮や東京に出掛けることはあったが、上野までは非常に長く感じられた。一時間が二時間には感じられた。時間の流れは伸縮した。また別離してそれぞれで競い合いもした。

上野駅での乗り換えには時間を要した。人の多さと路線の多さに驚いた。意味もなくぐるぐるとその場で回転しながらカメラを回した。

生まれも環境も年齢も決して同じことはない人間が、膨大な、膨大という言葉ですら捉えきれることのない無数のほんとうに数えきれないほどの人間がいることに、そしてそれぞれの人生が交わることなくすれ違うことに、密かな喜びに似た感動を覚えた。

それは皆がかけがえのないひとりの人間だ、という意味のものではなくて、ここにいる、今この上野駅にいる歩いている人々ですら捉えきることができないのに、それを標本として、さらにもっと多くの人間が、銘々の想いや苦悶や感動を内に抱えて生きているという、取り留めもない個々の輝き、決して話題にのぼることもなく消費されることすらない輝かしい人生が行き交っていること、各々が持ち寄った全く感じ方の違う、つまりは時間の流れ方の違う瞬間や歳月が追い越し追い越されながら同じひとつ光景の中に均一化されて存在していること、そしてそれが実は世界中に広がっていることに、ひたすら圧倒された。

それはレンズを通して被写体を見ていて、不意にカメラから顔を外したときに感じる、世界が急激に広がっていく、どこまでも消えていき、そしてその景色を構成する木々や花々、様々な事物や人間が、そしてそれらの発する光が交わり共鳴しているのが、一斉に眼の中に頭の中に飛び込んでくる、錯覚のようなささやかだけれど強度を持った感動と似ていた。

その上で改めて、それぞれの人は皆に、どんな形であれ家族がいて友人がいることが、つまりはそれぞれの人間が立っている場所から広い範囲に確かな繋がりを持っていることが、改めてこの上なく美しいことに感じられた。

それはそのまま、カメラから眼を外して、世界を構成する要素が存在を訴えてくるような叫びを全身に受けた後、再びレンズを覗いたときの、却って被写体が鮮明に見え、それが途方もなく広い世界の中で繊細にも存在していることを再発見したときに得る慈しみと似ていた。

そんな取り留めのない光景を堪能し、常磐線に乗り込んだ。上野から土浦まではおよそ一時間半だったが、見慣れない景色は高島から時間の感覚を奪った。久しぶりに母親と、そして見たこともない妹と、顔を合わせるという事実もまた時間の流れから高島を引き上げた。

約束の時刻を十五分ほど過ぎてから土浦に辿り着いた。乗り換えに時間がかかって予定していた電車に間に合わなかったからだった。駅近くの商業ビルに入っているファミリーレストランで待っている。と言われていた。地図アプリでその店を探して向かった。連絡は入れてなかったが、十五分くらいなら遅れても問題はないだろう。と考えていたが、どこか怖気づいている自分もいて、いなかったらいなかったで構わない。と考えていた。揺れていた。

駅前を歩きながらも高島の思惟は父親が死んでからの五年六年の記憶を掘り起こしていた。それは過去に引き摺られ翻弄されながら歩いていた歳月だった。そのひとつの帰結が今、今現在だった。

苦悶の中にいた無数の過去の自分が記憶と共に出現した。その無数の彼らに恥じないように、俺はきちんと顔を合わせてなにかを話せるだろうか。なにを話すかはわからないけれど、過去の出来事と、常に暗い力に後ろ髪を引かれていた過去の自分と、そして何よりあったかもしれない今現在と、結果として選ばれたのが別の家族であり会ったこともない妹だったという今現在と、正しい形で向き合うことができるだろうか。

そして唐突に、半ば暴力的に、高島はそのファミレスの看板を確認する。その店はガラス張りになっていた。いるだろうか？　果たして、母親と妹はいるだろうか？　と考えたときにはもう視線は店内に向けられている。無意識に視線が彷徨う。そして、

「いた」

と声に出している。高島は親子の姿を見つけた。窓側から数えて三番目の席に、高島から見て横向きに座っている。手前に娘がいて、奥に母親が座っている。

見つけた母親の横顔が高島の記憶と違っているのは、二人の間に長い歳月が挟まれたからだった。目尻の皺《しわ》が増え、首元や頬しか見えていないが以前より肥えているのがわかった。娘は小学校に入るか否かくらいの年齢に見え、父親が死ぬ数年前に離婚して別の家庭があると考えると、納得できる年齢だった。

高島は外から、窓越しに観察していた。それはその人がほんとうに自分の母親かどうか確かめる必要があったのはそうなのだが、それよりも、その二人の人間の親子らしさをただじっと見ていた。娘が、つまりは高島の妹が、ジュースを飲むのを、そのお母さんが、つまりは高島にとっても母親である人間が、手伝ったり、おふざけを制したりしていた。

のを高島は見ていた。俺に与えられたかもしれない光景が。と瞬時に考えたが、それは嘘だった。と気づいた。母親のその姿を見て、土浦駅についてからここに来るまで彷徨っ

ていた五年間、を囲っていた柵の扉が開き、高島の目の前に更に十年の奥行きが広がった。そこには母親もいた。妹がされているように、母親に助けられ、褒《ほ》められそして叱られた記憶が五年間を易々《やすやす》と飛び越えて、今現在の出来事と見間違うほど鮮明に立ち上がった。自転車の補助輪が外れて褒められた時のこと。誕生日のお祝いの時のこと。幼稚園で友達にいたずらをして叱られた時のこと。

高島は愛されていた。と思った。今ガラスの向こうで、俺もいつか経験したはずの年齢、である半分血の繋がった妹がいて、彼女が今の俺の年齢になったときに今この瞬間のことは覚えていないだろうけど、でも、その思い出されない記憶の上、記憶のある道の続き、を生きていくことになるのだろう。そしてその思い出されないかもしれない記憶とは、紛れもなく愛された記憶ではないか。

そして高島の視界には数時間前の上野駅での光景がファミレスの光景と薄く重なる。恐ろしく広い世界の中に取り留めのない輝かしい人生と繊細なふたつの存在がぽつんとそこにはあって、その二人は血が繋がっていた。その見えない繋がりは妙に神聖なものに感じられた。そして、その繋がりが無数に行き交っているこの世界が美しく思えた。

高島はスマホを開いて、母親に電話を掛けた。窓の向こうの母親は着信に気付いてスマホを耳元に当てる。数秒後に、もしもし。と聞こえる。もしもし。聞こえる？　聞こえる。

「申し訳ないんですが、」

上野駅で人身事故があって、今日は伺えなそうです。とやはり敬語になっている自分がおかしかった。それはある種愉快なおかしさだった。あら、

「そうなの、残念」

と言った母親は少し俯く。高島はそれを見ている。そして続ける。でも、

「もう大丈夫です。ここに来るまでに色々なことを考えて、」

自分の中で整理がつきました。ぼくから連絡することはあまりないとは思いますが、また別の機会があれば。と言った高島は清々しかった。心地いい風が心の中を吹き抜けていた。そうなのね、残念だけれど、たくさん迷惑をかけてごめんね、こんなことを言うのもあれだけど、

「身体に気をつけて、元気に過ごしてね」

と母親が言った。悲しみを帯びていてそれでいてあたたかい声だった。聞いた高島は身体の芯が微かに震えはじめた。高島は母親を見ていた。その母親は俯いたまま、片手で目尻を拭っていた。娘はそれを面白がって、茶々を入れていた。母親はそれを制することなく、俯いたまましゃくりだした。のを高島は見て聞いた。高島の底で生まれる震えは徐々に振幅が広がっていき、それを止めることはできなかった。母親がこの世で最も不憫な存在に思えた。自分が罪人に思えた。母親の葛藤がその声の向こうに見て取れた。高島は涙

を堪え背で呼吸した。はい、

「ありがとうございます」

と言った声が母親にどう聞こえるかは考えなかった。最後に、

「妹の声を聞いてもいいですか？」

と言った高島に、もちろん、と母親は言った。高島は母親が娘にスマホを渡すのを見ていた。娘は無邪気に、もしもし。と言った。母親は背を縮こまらせて項垂《うなだ》れていた。

「聞こえる？」

うん。聞こえるよ。と溌剌《はつらつ》とした声は凝り固まっていたどこかの筋肉をほぐしてくれるかのようだった。いいかい。

「君はとっても幸せな子だよ」

うん、そうだよ。と同じ調子で言った。そう、幸せな子だ。よく聞いてね。今のこと、例えば今お母さんといることとか、今電話していることとか、

「できるだけ覚えておくんだよ」

忘れないよ？　そうだね。そうできればいいけれど、でも、大事なのは、忘れないようにすることだ。忘れないことも大事だけど、それ以上に、忘れないようにすることだ。

と聞いた娘が首をかしげているのを高島は知っていた。意味がわからず表情で母親に助けを求めるが、母親はそれを見ていなかった。まだ俯いたままだった。それを高島は見て

いた。いいかい、今のことを忘れちゃうかもしれないし、言ったことも忘れちゃうかもしれないけれど、でも、忘れないようにすることだ。そして、

「ぼくはきみの味方だ」

と言った高島は堪えきれず電話を切った。そのまま踵を返した。途中、涸れるほどに泣いた。人々の注目を集めているのがわかってもそれどころではなかった。延々と泣いた。身体の水分が不足して頭痛がするまで泣いた。

またしても時間の感覚はなかったが、結局、土浦に辿り着いてから一時間ほどで帰路についた。常磐線に乗り、空いていたボックス席に座った。進行方向とは逆を向いて座った。高島の胸はまだ熱を帯びていた。あたたかかった。窓の向こうの知らない景色に五年間十年間、繰り返されてきた無数の季節が重なり、流れていた。カメラを取り出してそれを撮っていた。周りを見渡すと、車両にはほとんど人がいなかった。俺は。と高島は話し始めた。俺は、
人を肯定したかった。でもそれを認めない俺もいた。だからこそ、今の気持ちを忘れたくない。忘れないようにしないと。

「自分を可哀想だと考えることに救いはない」

むしろ、それは人を中心とする世界を憎むことになる。そこからは何も生まれない。母さんと妹は美しかった。そして美しい関係だった。そんなものが、この世には砂利の

ように、ごみのように、溢れんばかりに、ある。それを認めることは、人間を認めることで、今俺の見ている触れている世界を認めることを助けてくれる。

生きていくこと、生きることへの希望は、そこからしか生まれない。自分を憐れむことをせず卑下をしない。そうすれば世界を憎まない。そうすれば、世界を、美しい人間がいる世界を、愛せるかもしれない。そこからはじめ直すしかない。それが生きることへの希望だ。未来への希望だ。そのためにも、
今が過去から続いている地続きになっていることを認めながら、かつ過去と今とを切り離し、人間を肯定し否定し好いて嫌って、愛憎に塗《まみ》れながら揺れながら、それでも可能な限り最善の今を絶えず繰り返し生み出し更新していくしかない。途方もない。途方もない。途方もないが、俺は、俺らは、そうしていくしかない。希望はそうしなければ生まれない。

わからない。そう考えているのは今だけかもしれない。でも、少なくとも、今はそう考えてる、

「どう思う?」

高島は記録として残る高島として、未来の高島に向けて、今この地点から地続きでそれでいて別人である未来の高島に向けて問うた。そしてカメラを止めた。

浅く腰掛け、背もたれに体重をかけた。見ず知らずの景色が後ろから現れては去ってい

く。高島の知らない記憶ですら高島から零れ落ちていくようだった。それを惜しむように見守りながら、やがて眠りについた。


うちわ祭まで一週間を切っても、学校に四人が揃うことはなかった。高島と山吉。高島とぼく。だけが顔を合わせた。山吉の姿を見つけたぼくはそのまま消えた。逆も然りだった。池井は来なかった。高島が、今年はうちわ祭行く？　と各々に尋ねても、多分。まだわからない。まだわからない。とそれぞれ返ってきた。

いつも誰かとふたりだったので、高島はインタビューのような映像を撮った。

「なんで喧嘩したの？」

いや、喧嘩っていうか。とぼくは答えた。

お前らにはわかんねえよ。と山吉は答えた。

「どっちが悪いの？」

どっちが悪いっていうか。とぼくは答えた。

悪いのは俺らではないけど。と山吉は答えた。

それぞれに質問をしても埒《らち》があかなかった。山吉とぼくとの間に入ることも考えたが、少なくとも二人がいない場で間を取り持つのも余計に話をややこしくしそうなのでやめておいた。二人が話し出さない問題は二人で解決するべきだった。祭りの日にはきっと集まるだろう。その時話をすればいいだろう。そう考えていた。

「仲直りするつもりはあんの」

まあ。

そのうち。

人が集まらないので、高島のカメラの最新のデータはぼくと山吉が話す映像ばかりだった。山吉の映像の次にはぼくのが。その次にはまた山吉のが。山吉が話しはじめ、次いでぼくが話しはじめる。


のを山吉は見ていた。教室にいた。昼休みだった。

もともと高島が撮った映像を見るのは好きだった。なにをなんの為に撮っているのかわからない映像を見るのが面白かった。というよりも、自分から抜け出して、自分ではない他人の肉体を通していつも見ている経験している世界を覗くことに好奇心が働いた。自分が自分から抜け出せないことがかえって苛立たしく感じられるほどだった。

池井が話している映像があった。それを見た。見たらまずいものかと思って、いなくなった高島が帰ってくるのに注意しながら見た。池井は話していた。駅前の喫茶店だった。

四人でたまに遊びにいく店の窓際の席だった。池井と高島が話していた。画面には池井しか映っていなかった。途中、高島の台詞に池井が苦笑していたが、画面に映っていない高島はそれに気づいているのか山吉にはわからなかった。どことなく不穏さを感じた。

が、ふたりの会話はそれをものともせず進んだ。高島は母親に会いにいく。と言った。高島が母親に会いに行ったことを山吉は知っていた。高島が自分でそう話したが、深く追及はしなかった。その方がいい気がした。

途中視界がぐらついて、映っている人間が替わった。逆光のせいか高島は暗く得体のしれない物影のような存在として映った。誰とも言えないその人間は話しはじめた。

「被害者で居続ける自分から抜け出さないといけないんだよきっと」

その言葉は山吉の中の、紙幣に火をつけることを繰り返してきた、網膜に炎を映す山吉へと、そして理解されないことの苛立ちによる衝動でぼくを殴った山吉へと放たれた。そして、山吉が直面したのは数分前、この映像を見る前の山吉だった。数分前の自分と対峙した。それは、いつも一緒に過ごしていた高島という人間の葛藤に薄々気づきながらもそれを敢えて見ないように排除していた、保身のためにそうしていた、浅はかな自分だった。

保身。そう保身だった。嫌悪感と憎悪に任せてこれまで今日まで繋いできた自分に他に為す術などないと考えていた。未来、なんてものはわからないが、それでも今と同じままで生きていくと考えていたし、それで駄目な理由など思いつかなかった。

が、それも揺らぐ。深くで結ばれた、出会う前からずっと知っていた了解しあっていた

人間の決意に揺らぐ。

山吉は高島が帰ってくるかどうかなど気にせず、その後の映像を続けて流した。大きな駅の構内だった。なにを映したいかもわからない映像に高島が感嘆して息を漏らしていた。山吉には何がいいのかわからなかった。次に流れた映像で、再び高島が語りはじめる。それは誰に向けた語りでもなく口述の日記のようなものだった。高島の口から聞いたことのない語彙が自然に組み込まれた言葉が話される。その一語一語が肉体の深くに芯に向けて放たれた。と言うより、高島と同じ成分でできた山吉の肉体に、その言葉は浸透圧がかかって染み込んでいった。親和性の高い肉体を通じて言葉が一方的に流れていく、そんな高島の吐露だった。自分ではない人間に晒されることがないと妄信した高島の独白。を場所も時も変え確かに山吉は聞いていた。

「どう思う?」

その映像を見終え独白を聴き終え、高島が帰ってくる前にカメラをもとあった位置に戻して数十秒後に高島は戻ってくる。どこ行ってたの? トイレ。てか、

「うちわ祭、今年も二日目でいいでしょ」

ああ。

「どうせ人多いし、夜七時駅前でいいよね」

　という問いかけに山吉は相槌を打って何か言ったはずなのだが、その記憶はなかった。それはもう数日前の記憶だった。だが、高島の独白は鮮明に覚えていた。覚えていたというよりもそれは脳裏にこびりついていた。鼓膜が復唱した。

　嫌悪感と憎悪に任せながらもうまく舵を取りやってきたこれまで、手紙が送られてくるようになってからおよそ五年間、の生活はぼくとの衝突で亀裂が生じていた。ぼくと山吉の生活への亀裂、裂け目だった。

　山吉はぼくと話をする機会を窺っていた。謝罪はしなければいけない。そう考えてはいたが、その機会が訪れることはなくむしろそれを避け、一週間が経過しそうだった。四人で話す機会もなければ三人で話すこともなかった一週間は時間の流れがはやかった。あまりに単調で単調な故になんの感慨もなくするすると時間が手元からすり抜けていった。主人公ばかりが映り続ける映画を見て、感情移入できるが故に、あっという間に映画が終わっていく感じと似ていた。感情移入もあっという間に映画が終わっていくのもいいことかどうかはわからなかった。

　池井とネタのことを話さないのも単調である一因だった。あいつが今どこで何をしているかもわからない。いつもならわかるはずなのに、父親の自殺を引き摺っていること以外はなにもわからなかった。が、それに関して俺が言えることは何もない。俺は何もわからない。俺は父親が死んでも何も思わないだろう。感慨はないだろう。美しい人間のいる世界を愛せるかもしれない。そう言った一週間前の高島と山吉は出会う。その独白をする高島といつでも出会う。俺は、

「世界も人間も愛そうなんてことは思わない」

そうか。ああ。そんなことは知らないしわからない。俺だってそうだ。でも、

「俺も過去の自分を解放しないとだめだ」

うん。と高島は相槌を打つ。まるでそこにいるかのように。いや、山吉にとっては確かにそこにいる。現実の網目をすり抜けて存在する。

「すべてを認めて、」

そこからやってくしかない。うん、そう思うよ。はじめ直すよ。

山吉はそう言う。そして自室に戻った山吉はリビングへと向かい、そこら中の引き出しを開けた。山吉はひとりだった。便箋を見つけ、ボールペンを取り出し、再び自室に戻ると机へと向かった。

鳥飼　剛様

と記した。が、続きを書けなかった。誰かに手紙を書くことは初めてだった。時間だけが過ぎた。五分、十分、二十分と過ぎた。が、山吉が向き合っているのは五年間かけて蓄積し吟味し葛藤した感情と思考、つまりいくら離れようとしても離れられない生活のすべてだった。

名前を記し終え、様、と記す為の最後の一画をはらってペンを紙から離したその瞬間の今、から流れた五分十分二十分、一時間二時間、に五年間の想念が濃縮された。何かを書き始めようとすると、書こうとしていることがすぐさま頭の中から消え失せて、そこに何があったかはもう思い出せなかった。と考える余裕もなく別の書くべきことが現れた。一切が押し寄せては押し出され、やってきては流された。そのどれも明細に捉えきることはできなかった。

長い時間が経った。逃れられない重力で尻が痺《しび》れた。それでも離れなかった。ペンは指先に肉体に馴染《なじ》み始めた。

様を書き終えた今、から流れはじめた時間は延びつづけた。反比例して五年間の濃度は薄まっていった。精神は落ち着きと節度を取り戻しはじめた。が、思惟は泳ぎ続けた。山吉は過去の自分と邂逅した。幾人もの山吉と邂逅した。その声を聞くことができた。その想いを受け継ぐことができた。

ペンは肉体と化した。逃れることのできない肉体と結合したペンは、書かずには逃れられない山吉の命運を暗示した。高島の声に触発され、手紙を書くことでしか書き終えることでしか、手を伸ばすことのできない今までとは別の様相を呈した現在、になるであろう未来の為に、山吉は書かなければならなかった。

今、というのは今から数時間が経過した今、山吉の一部となったペンは紙の上を滑り始めた。

あなたに手紙を書くのははじめてです。そもそも私は手紙を書くこと自体がはじめてです。なので、うまく書けるかわかりません。私は普段、私とは言いません。俺と言います。なのに、手紙になると、私、としてしまいます。手紙となるとそう書いてしまいます。これはよくないことだと思います。

とにかく、私はうまく書けるかわかりません。うまく伝わるかもわかりません。手紙の中でだけ私、と言ったり、スマホで調べた難しい言葉を使ったり、反対に、私にしかわからない言葉を使うかもしれません。でもそれらはすべて、うまく伝えるため、うまく伝えようとするためのものなので、御容赦ください。あなたは賢いようなので、汲み取ってくれることを願っています。

前置きが長くなりましたが、率直に何故今回手紙を書いたかというと、これ以上手紙を送らないでほしい、ということを伝えるためです。お金も送らなくていい。そう伝えたかったからです。

先日、友人の父親が亡くなった際に、私もあなたのことを考えました。それは、あなたが私の父親だったからです。そこで考えました、私はあなたが死んだら悲しいかどうか。はっきり言って、悲しくはないと思います。いや、誰かが死んだときに感じるくらいには悲しい。ですが、あなたが父親だからと言って、大きくなる分の悲しみはないです。それに関しては申し訳なく思います。でも実際そうなのです。

失われた命は偲ぶべきでしょう。ですが、あなたの命はそれ以上でも以下でもない。それは勿論、私にとっての話です。そして同様に、私の命、というものがどのようなものかはわかりませんが、一般に言われているような意味合いでの私の命は、あなたとは無関係です。

私の中にはおそらくあなたの血が半分くらいは流れているでしょう。ですが、それは私の命とは無関係なのです。あなたの血が私に流れている、ということは、私と私の友人のDNAが九十九パーセント以上同じである、といった意味合いでしかないのです。

なぜこんなことをくどくどと書くかといいますと、私は今年で十七歳になりますが、あなたがいることで、私は不幸だった。あなたがいることで、私は自分が被害者だと感じ続けていたからです。あなたがかつて結婚していた私の母親とも、私はうまくいっていません。向こうがどう思っているかはわかりませんが、私からすれば、あの人は親ではない。私には家庭がない。そう思って生きてきました。

これは反抗期や思春期なのかもしれない、と自問したこともありますが、私はそうは思いません。紛れもなく私の人生そのものにおける苦しみです。あなたが何と言おうが、この考えは曲げません。

私が中学に上がってからあなたが毎月送ってくる手紙はこれまで一度も読んだことはありません。お金は一度も使ったことはありません。そのことも非常に申し訳なく思います。ですが、私にはそんな余裕はなかったのです。あなたがどういう想いで手紙とお金を送ってくるか、私にはわかりません。養育費などもどうなっているかは知りません。ですが、そんなことを考える余裕はなかった。私の知ったことではなかったのです。

むしろ、毎月それが届く度に、私は不幸に引き摺り込まれた。私は自分が可哀想な人間だと考え続けました。あなたからの手紙は、私の父親が私の人生にいないこと、私にとっての家庭がないことを、その現実を、逐一見せつけるだけの、確認させるだけのものでした。

ですが、人を恨みながら生きるということほど虚しいことはないと気付きました。それは、恨むのはやめたほうがいい、といった意味ではありません。なにかを恨むことで自分を保つことができるのであれば、私はそれを否定しませんし、もしそれを否定したならば、私は今まで五年間の私を否定することになります。それは今の私にはできません。

そこは、案外居心地が悪いわけではなかった。自分を変える必要もなければ、なにかをしなければならないこともない。現状を保てばことは済みました。むしろ、そこから抜け出すことをどこかで拒んでいた。

ですが、やめたいと思いました。やめようと思いました。私はそのままの私では、幸せを感じることができないし、なによりも誰かを幸せにすることもできない。そう考えました。

鬱屈としている人間が、私だけではないと知らせてくれた友人が幾人かいました。私の生きた年数と比較すれば、長い付き合いになります。私たちは互いのことを深く知っている。知り合っている。私は彼らを笑わせることができる。けれど、彼らを幸せにしたことなどないのではないか、と思ったのです。むしろ、幾分かは私のせいで、私たちはずるずると後退していた。そんな気がするのです。

私は誰かを恨むことで自分を保つ虚しさから抜け出そうと思い、この手紙を記しています。それは、あなたとの決別、会ったことのないあなたとの決別を伝えることです。本当は、今ここで、この手紙を書き終えて出すことで、あなたを記憶から消したい。そう思いますが、そんなことはできません。父親というフレーズを聞くたびに、家族をどこかで見かける度に、私はあなたのことを思い出すでしょう。

ですが、そればかりは仕方がありません。私は今いるこの場所から、過去を引き受けて請け負って、新しい今現在、未来を編んでいくしかない。私は私自身が幸せになれるよう努力し、そしてそれよりも、そんな私を認めてくれた人間を幸せにしたいと考えています。


本筋の不明瞭な手紙になってしまいましたが、伝えたいことはお伝えしたように感じます。うまくまとまりはしませんでしたが、まとまるわけがないのです。私はまとめるために書いているわけではない。ならなぜ書くかと問われれば、勿論あなたとの決別、人を恨む虚しさからの脱却の契機、のために書いたわけですが、こうして終わりに近づくと、自分自身を含めた人間への、世界への態度をもう一度考え直すために、書いているような気がしてきます。そこにはもしかすると暗い力が忍びこむ感情の隙間も、絶望に近いものもありましょうが、希望はいつだって安易に絶望に転落するからして、やはり希望もありましょう。

長くなりましたがここで終えます。酷いことも書きましたが、こういう書き方しか私には許されなかった、ということだけご了承ください。

追伸

私はこの文を書き始めるときに、読み直さない、という制約を自分に課しました。なぜなら、読み直したら書き直したくなるからです。そしてそれを始めればきりがないと考えたからです。書き直せばうまく伝わるように改善されるとは思いますが、その分、書いている瞬間の熱は失われ削がれるでしょう。私はうまく書きたいわけではなかったのです。ですが、やはり読み返してしまった。あまりに散らかった文章になったと考えたからです。読み返して、こういう書き方しか許されなかった、と記した数分前の自分を信じて、そして責任を押し付けて、書き直すことはやめようと思います。

話が逸れました。こんなことを書くために追伸と記したわけではありません。とにかく私は手紙の内容を読み返したわけですが、読み返すと、文中に、「希望もありましょう」と記してあります。随分と大仰なことを書いたものだとは思いましたが、それに近いものを見つけました。それは、「今の私にはできません」という一文です。

私は今の私として生きている過去から繋がれた私ですが、未来の自分のことなどわからないのです。「今の私には」と書いた、いや書かれたことが示唆するのは、今の私ではなく、未来の私が覆すことができるかもしれない可能性、ひとつの未来の在り様ではないでしょうか。

その示唆を、未来に開かれた私の広がりを、余白を、頭の片隅に置いて生活したいと思います。そうすればそのいつかの私は、あなたのことを認められるかもしれない。

山吉　祐一

書き終えるとすぐにそれを三つに畳んだ。封筒に入れた。部屋中を探し、いつかの手紙に書いてあった住所を封筒に記した。切手を貼り、糊《のり》で閉じた。

空は白みはじめていた。ベランダに出て煙草を吸った。眠らなかった身体は軽かった。その分頭はぼうっとした。けれど、ふとした瞬間に記したばかりの文章が脳内に流れ込んできて、それを制するのに忙しかった。決意の揺らがないうちに。と半分ほど残っていた煙草をサンダルの裏に擦り付けた。消し損ね、そこにはまだ火が灯っていた。山吉は惜しんだ。が、煙草もライターもまだ手元にあった。それに、日付を跨《また》いだ今日は祭りに行く日だった。

山吉はぼくのことを考えた。何を謝って何を話せばいいだろう。自分を痛めつけるような行為が愚かであること、けれどそうすることでしか耐えることのできない辛苦があるとき、それは愚かとは呼べないこと、を前提として、どうすればぼくをそこから引き上げられるか。自分もそういう人間であることを認め、その上で羊水のように心地がいいぬるい絶望に潜り続けることとの虚しさと愚かさをどう伝えればいいのか。

俺は高島の独白を聞いて自分を投影した。高島という親しい人間が苦悩し、その感情の摩擦で生まれる一瞬の閃光に魅せられた。俺の想念を、決して俺が語ることなく伝えられるのが一番いいのではないだろうか。でもそんなことはできないだろう。だとしたら、何ができるだろうか。

消しきれなかった火種を踏みつぶし、家を出て郵便ポストへと向かった。

七時に熊谷駅前ね。と高島の手で送信されたメッセージを見ている。久々にグループラインが動いた。ぼくは悩んでいた。山吉に合わせる顔がなかった。

一体なにが違うのだろう。山吉が父親からもらった金を燃やすのと、ぼくが自分を痛めつけるのと。上裸のまま鏡の前に立ち考える。蓄積していった時間と痛みの記憶がそれぞれ固有のものとなっている痕が、脇腹を中心に広がっている。右に偏っている。

一体なにが違う、というのはそもそもおかしな問いで、雲泥《うんでい》の差があるのだけれど、でも、根本的には似たような動機で、というか違いなどどうでもよくて、ぼくはある種の発作的にそうした行為をしてしまい、それをしている最中にはそれが馬鹿らしいこととは思わず、神のいない祈りのような感覚に無意識に縋《すが》っている。それは山吉もきっとそうで、例えばそれが違法であるか否かとかは関係がなく、邪念、というか、その他の感情や理性や規範とは離れたところで一心にそうしている。

結果的にその行為が正しいか正しくないかはさておき、そうした純度の高い思念によって行われる儀式を、それも深いところで通じ合っていた友達のそれを、ぼくは一蹴《いっしゅう》したのだ。

ぼくは一体なんなのだろうか。ぼくはどうして生きているのだろうか。どうして、というのは何の為に、というか、もちろん何の為に生きているかもわからないが、単純に不思議だ。周りを不快にさせる人間が生きていていい、ということが。誰の許可を得て誰に了解されてただ無益に時間を過ごしているのか。果たしてそれはぼくの権利なのか?

時間が渦となり円環の中に閉じ込められる。流れる時間は繰り返す。終わらない問いと思惟がぐるぐると回り続ける。そこにいる自分にも苛立ちが募る。なんとか答えを出してそこから抜け出そうとしない自分にも。だが、ぼくはずっとそこで暮らしてきたぼくを置いてはいけないのだ。深い孤絶の中でただひとり自分がいるのだかいないのだかわからないままそれでも肉体を捨てられず重力から逃れられず過ごしてきた高島や池井や山吉に出会うまでのぼくを。

だからと言って時間が流れないわけではなく、今が止まってくれることもなかった。時間は刻々と迫る。

山吉には謝ろうと思った。なにを？　否定したことを。違う。認めなかったことを。拒絶するべきではなかった。ぼくは一度認めるべきだったのだ、それを。その上で否定するべきだった。だからそうしよう、とは思うが山吉と似たようなことを繰り返すぼくにそれを否定する権利などあるのか。ない。だとしたらぼくはなにができる。無力だと考えるのは甘えだ。と言ったのは高島か池井か山吉か。いや言ってはいないかもしれない。ぼくが思った？　ぼくが感じ取った？

見たくないものを覆い隠すようにTシャツを着て、そうしていつものように家を出る。外はどうにも暑くて息苦しい、

と高島も感じた。ひとり駅前にいた。申し訳程度のミストはかえって鬱陶《うっとう》しい。まだ若干の茜を帯びている空の低い所を、水蒸気を含んで重たそうな雲が流れていた。遠くには積乱雲も見えた。

熊谷駅北口のロータリー、そこに巨大なラグビーボールに乗った少年の銅像がある。その横に高島はいた。そしてロータリーの中心には馬に乗った熊谷次郎直実像がある。その台の周りに行き場のないタクシーが群れて控えている。ロータリーには人がごった返して

いる。駅から祭りのメインの通りである国道十七号までの狭い歩道を人が肩をぶつけながらすれ違っている。すれ違い続けている。無数の人間の顔の中からぼくや山吉を探すのに疲れ、人間をぼうっと見ている。人の集合として見ている。ぼくと山吉は来ると言っていた。が、結局池井には有耶無耶《うやむや》にされていた。当日また連絡する。と言われていた。おう、と言ったのは高島を見つけたぼくで、高島は人の集合とぼくを切り離す。

「池井は来るのかわからないから、」

後は山吉だな。と高島は言った。そうだな。とぼくは事情も知らないのにそう言った。それにしても、

「人が多いな今年も」

と言ってぼくは再び辺りを見渡す。人々が多種多様な色の服を着て思い思いに声を上げている。銘々に話し歩いている。その漠然とした人間の塊が怖い。憂いがなく、もしくはまるで憂いがないように爛漫としている感じが、騒ぎのための騒ぎが、祈りはなく、むしろ神を冒瀆《ぼうとく》しているように見える、うわずっているだけの祭りが、無性に恐ろしく感じられた。が高島を見るとそうは感じてはいないようだった。ぼうっと辺りを見渡していた。その視線はある一点で止まり、一度眉を顰《ひそ》めそれから目を再び大きく開いた。おい、と言って高島がぼくを見たがぼくは高島を見ているのでそこで眼が合った。

「あれ、」

と高島が指を差す方向に目を遣ると、たくさんの彩を纏《まと》った群衆から外れたところにひとりの人間がいる。それは肌色だった。現実と折り合いのつかなさに、そうした服かと錯覚するが、眼を凝らしてもやはり裸だ。そして腰の辺りだけ白い。その人間は群衆から外れてはいる。が中心にいる。ロータリーの中心にいる。そして、熊谷次郎直実の乗る馬の足元にいる。銅の台座に立っている。

その人間は腰にタオルを巻いているようだった。白いタオルだ。いや、あれはふんどし?

「山吉か?」

と呟いたのは高島だ。いや、まさか、とぼくも再びそこに焦点を合わすが、体格や髪型は山吉そっくりだ。というのも、顔は見えない。馬の足元にいた人間は、ぼくらとは反対を向いたまま、その馬に登ろうとして片足をかけている。尻はまるだしで、股間を覆う前面の布も膝上までしかない。そしてもう片方の足をかけ、腕の力で馬に登る。両腕の筋肉が盛り上がるのが見える。おい、

「なにしてんだ?」

あいつ、正気か? と言ったのはぼくでもなく高島でもない。付近にいた誰か見知らぬ人間だった。

ふんどし姿の男は馬の首元に登りきると、アクション映画でビルの壁面にへばりつき慎

重に動く人間さながら、直実の後ろへと足を伸ばした。そして直実の跨るその後ろ、馬の腰に近い場所に立つ。直実の首元に手を掛けて立ちながら、こちらを振り返る、
山吉だった。そのふんどしの男は山吉だった。

「なにしてんだあいつ」

と言ったのは高島だった。ぼくがそう言ったのかもしれない。

群衆はざわめきだす。そのざわめきは伝播し、本能で異変を感じた鳥が一斉に羽ばたく。あちらこちらで騒然とした声が聞こえる。が、ぼくはそれを聞いていない。見ていない。ぼくは山吉を見ている。耳もそっちに向かって開かれている。あまりの阿呆さに、あまりの突飛さに、山吉の眼から視線を外すことができない。山吉の視線は少しだけ右に左に揺れる。そして、合致する。ぼくの視線と山吉の視線は合致する。出会う。

周りの人間は知らない。群衆は知らない。奇怪なふんどし男とぼくの視線がぶつかっていることを。ぼくらが視線という不可視の紐帯で結ばれていることを。

ぼくが視線を揺らすことなく一心に見ている山吉の視線はぼくを捉えている。そして山吉は微笑んだ。笑みを浮かべた。形容はない。強いて言うなら、にたっと笑う。のをぼくは見ている。山吉が笑った瞬間にぼくは山吉が笑ったのを確認する。そこに誤差はない。光の速度を超越して知る。群衆が知り得ない速度でぼくは山吉が笑ったのを知る。

ぼくも気づけば笑っている。山吉が笑った一瞬と重なる一瞬でぼくも笑った。またして

もそこに誤差はない。論理も脳の働きもなく、声を出して笑っている。馬鹿だよ。お前は馬鹿だよ。と笑うぼくの隣で高島も笑っている。その言葉に意味はない。何かを言葉で零さざるを得ないから、馬鹿だよ。と零す。感情からも理性からも遠いところでぼくらは笑う。

　周りの人間は、群衆は笑っていない。目にしている光景に理解が追いつかない。理解できないことに対して生まれる、どうしようもなさから来る笑いすら起きていない。ぼくらは笑っている。なあ。と山吉は叫ぶ。ぼくは山吉を見ている。山吉も。なあ、

「俺らは楽しく生きなきゃいけない」

　腹の底深くから出る野太い声は、ロータリーの中心から肉体を越えた速度で同心円状に広がる。群衆の鼓膜に届いている。人々の視線の異様な集まり具合を見たタクシー運転手も車内から顔を出して見上げる。そこにはふんどし一丁の山吉がいる。

「絶対の楽しさが正しいのは、それは今を生きた俺らだ」

　山吉はそう叫ぶ。それは肉声だ。文字でも情報でもない、声帯が震えて波として飛び出る肉声だ。叫んだ瞬間にぼくは聞いている。群衆が聞く前にぼくは聞いている。そしてその後に群衆に届く。その声が届く。が彼らに意味は分からない。文法の破綻した叫びは、彼らの一部には乱酔した人間の出鱈目《でたらめ》にしか聞こえない。彼らの一部には狂人の出まかせにしか聞こえない。

が、それもひとつの捉え方でしかないということに群衆は気づかない。いや気づかなくていい。気づく必要もない。吐き出されたその言葉はぼくに向けられた言葉であり、今の山吉、ふんどし姿で公衆の面前、それも銅像の上に立った今の山吉が伝えようと試みたことを切り取った断面でしかない。緊張からくる震えもあってかその断面は文法という模範的な切り方からは少し外れたものになったが、それがかえって言外を提示する。ぼくと山吉が何度も顔を合わせては別れ交わっては離れ、互いの人生が絡みあった五年間六年間、いやそれこそひとつの見方に過ぎず、特定の物差しでは測ることのできない長いとも短いとも言えないぼくと山吉の歴史が、その言葉を紐解く、再編する。

ぼくと山吉は言外で出会う。現実の外で出会う。山吉のぼくに向けた言葉がぼくにそう仕向ける。紐解かれた言葉、再編された言葉、いやそれすら氷山の一角に過ぎず、その言葉を選び取る、選び取ってしまった、に至る山吉の今の現実における状況、浅く狭い山吉の言葉の海、の下、海底やその奥に地盤として深く堆積している曲りなりにも今の今まで紡がれてきた過去、心境の変化と覚悟、をぼんやりと感じる。

言葉で捉えきることのできないその漠然とした総体をぼくは全身に浴びる。取りこぼさないようにしても無駄だ。それは、山吉からすれば他人、つまりは山吉でない人間であるぼく、には到底抱えきれない量のものだ。が、それでもぼくはその全てが流れていくことを惜しみ、一滴も無駄にはせんとする。それは現実の外、言外での動きであるからして、言葉では捉えきることができない。できないが、ぼくはその感覚や感触、手触りだけを克明に感じることができる。そこではぼくは山吉であろうとし、山吉はぼくであろうとする。ぼくは言葉では捉えきれなくとも、今ここに感覚としてある手触りを、今ある世界のぼくへと翻訳する。あったはずの愛を感じられず孤独だと考え生きていることすら憎みながらそれでもぼくを続けてきたぼくを認めながらも断ち切らなければ、高島や山吉のように、ぼくは、

「ああ、わかった」

滑稽な姿で銅像の上に立つ山吉に向かって親指を立てる。わかった。との声は山吉には届いていない。だが声になって出ていた。高島には聞こえていた。高島はまだ笑っていた。なにに？　不器用さに。真っ直ぐであろうとすればするほど、普通のやり方からは逸れていく山吉のあまりのその愚直さと愚鈍さに。その山吉は？

山吉は言いたいことを肉声に乗せて正しく伝えられたと思っている。自分が意味の不明瞭な言葉を発したとは考えていない。発した日本語のおかしさには気づいていない。ぼくが、わかった。と呟くのを見て、うまく伝わったことを知る。読唇術さながらに、わかったと口にするのを見て、知る。いやぼくの表情を見ればわかる。実際、それすらしなくても、知る。知っている。ぼくは親指を突き立てる。のを山吉は見て、そして満足げに微笑むと、右の拳を強く上に掲げた。おい、

「なにしてんだ」

との声はぼくのものでも高島のものでも山吉のものでもない。それは警官の声だった。ロータリーの隅にある交番から、二人の警官が走って出てきた。山吉は、

「またあとで」

とだけさっきよりも幾分か小さい声で叫びながら、台座に向けて飛び、そこからまた飛び降り、ぼくらからはタクシーの陰になり見えないが、何やら下を向きながら足をもぞもぞさせて、それはおそらく靴を履いている。

そして、ふんどしスニーカー男も猛烈に走り出した。群衆の彩を背景に肌色が駆け抜ける。それは人間より自然のいきものに近い。服を着た犬よりも競走馬よりも伝書鳩よりもずっとずっといきものだった。けものとしての肉体と速度をもって山吉は走る。山吉ははやい。警官に追いつかれやしない。山吉の裸体は、その肌色は、見る見るうちに点となり、やがて消えた。

「行っちゃったな」

と高島が隣で言うので、消えていく山吉の影とそれを追う警官を眺めて遠くにいっていたぼくはぼくの中に引き戻される。聞いてた？　とぼく。なにを？　なにをって、あれを。あれやるのを。いや、全然。あいつは正真正銘の阿呆だな。間違いない。捕まらないといいけど。大丈夫でしょ、多分。あいつは、

「追いつかれたりしないよ」

　これ以上。

「これ以上？」

　うん。てか、あいつ合流できるのかな？　服とかあるのかな？　一旦家帰るのかもよ。池井から連絡は？　まだない。ほんとに来るのかな？　さあ。と疑問符だらけのぼくらはぽつぽつと話しながら祭りのメイン通りに向かった。山吉の起こしたちょっとした事件のことはそれ以上口にしなかった。言葉を交わさずとも各々で消化していた。あとは山吉をどう馬鹿にするか、もしくはどう讃えるか、なんと声をかけるか。それぞれがそれぞれ考えていた。


　山吉は息を切らしている。が問題はなかった。ロータリーに交番がある限り警官が来るのは想定済みだった。幾つかの逃走経路は頭の中で巡らせておいた。実際には、ロータリーを抜け、商店街を曲がり、その先を曲がったところにある立体駐車場を四階まで上り、隣のビルの非常階段へと渡り、そのまま裏口からカラオケのトイレへと侵入した。そしてそのトイレの個室で呼吸を整えていた。

「二人に会ったら」

　最初になんと言おうか。面白かった？　と問おうか、やばかったでしょ、と得意げになるか、はたまた警察からの逃走劇を雄弁に語ろうか。清々しい気分だった。一瞬の非日常は高揚感を与えた。早朝、父親に手紙を出してからあまり眠れなかったせいかもしれなかった。

あらかじめ隠しておいたリュックから服を取り出して着替える。ふんどしはコンビニで捨てようとビニール袋に詰める。それを片手にぶら下げたまま、何食わぬ顔でカラオケから出ていく。

脱皮。山吉はそう考えた。俺は生まれ直した、今日。俺はふんどし一丁になって脱皮したんだ。と一度は思ったが、いつもの服を着て、いつもの日常に戻っていこうとする今、数分後、数十分後の明日の明後日の退屈な自分を想った。じゃあ、このふんどしは何だろうか。日常に戻っていくための、瘡蓋《かさぶた》？ 瘡蓋はどうなるんだろう。誰かがぼりぼりと剥がした瘡蓋は風に吹かれどこかで風化し微生物に分解されたりするんだろうか。瘡蓋は働き損だな。と山吉は思った。

コンビニの外に設置された、祭り用の大きなゴミ箱にふんどしの入った袋を投げ込む手を止める。

俺は取って置こう。俺が、そして俺らが、生まれ直すために身に纏ったこの瘡蓋を保管しておこう。これは俺の、俺らの、鬱屈とした記憶だ。そしてたまには取り出そう。陽の下に晒《さら》そう。脱皮した昔の自分であろうが瘡蓋であろうが、それは生き永らえた記録であり、いずれは失われてゆく記憶だった。

スマホを取り出して高島に電話をかける。二人に会ったら、なんて言おうか。二人。そう言えば、池井はどこにいるんだろう？　どこで何をしてるんだろう？


池井はぼくよりも高島よりも早くに祭りのメインの通り、すなわち国道十七号にいる。もしくはその付近にいる。国道十七号はそれぞれ三車線。車道のそれぞれ外側一車線に出店が出ている。残りの計四車線には、普通に歩くことすらままならないほど人が群れ、そして行き交う。

もう後戻りできない。からやるしかない。と幾度も決意を固め直すのは決意の固まっていない何よりの証拠だった。

今日までの数日間、池井には時間が流れているという感覚はなかった。もしくは希薄だった。個人的には追い詰められて自死した父親の報復、集団の大義名分としては仲間の報復、の実行の算段に関して、池井からは遠いところで話が進んだ。

作戦は至ってシンプルだった。祭りの常軌を逸した混乱、そうそれはほとんど混乱に近い、に乗じて総勢十名程の組の若者を襲撃する。祭りの屋台は主にテキヤと呼ばれる専門業者が行うが、そこの売上の一部をみかじめ料として受け取るのが熊谷を拠点としている桝田組だった。その為、祭りのときは組の若い人間が巡回している。そこを一斉に襲うというのが作戦だった。襲うと言っても、決して致命傷は負わせない。狙うは臀部や脚部。そして誰がそれを行ったか向こうにはわからないのが最善だった。

決して殺しはしない。というのをメンバーの中枢の人間は、背後にいた組から約束させられていた。背後にいた組の人間は、出るとこは出ると示すこと、もし犯人の足がついても高校生だから向こうも容易に手出しはしないこと、それらの諸要素をうまくつかい、また少しの金を包み、県北の陣取り合戦を優位に進めようとしていた。

その県を跨いで行われる組織と組織の競り合いの末端に池井はいた。そしてまだ迷っていた。参加すると言ったのは自分だった。だが、そこから切り替わったレールは思いもしない方向に、いや思ってはいたが、実際にそこまで来てみると、景色は全く違う見え方をした。そして池井にとって希薄だった時間は、いくらでも縮んで存在を感じさせなかった時間は、その日突如膨張し、未来さえも提示した。もし実行した時の未来を。それが露見した時の未来を。

池井は先輩と二人で標的の跡をつけていた。非日常を楽しむ群衆の中に混じり、黙々と辺りを見渡す二人の若者、のうちのひとりは池井の父親を自殺に追いやった人間だった。その二人の姿を、池井を含めた二人が沈黙のまま距離を空けて追う。が、池井はひとりだった。ひとりで膨張した時間の中に浮かんでいた。何人も立ち入ることのできない池井の内側で、数々の池井と出会う。そこで会話は交わされる。

なあ。そんなことして何になんだよ。なにが生まれるんだよ。でも、今更戻れるか？今なら引き返せる？　結局俺も父親と同じ人間なんだ。それは決して変わることのない事実。血に従え。お前にはその血が流れている。血がそうさせる。

「お前の父親が暴力を振るうことに苦しまなかったわけではないと思わなかったか？」

お前はどこまでも自分の内側にいたんじゃないか？　それは関係ない。関係ないが、お前はそれでいいのか？　奪われていく。これからも奪われ続けていく。無数の未来は閉ざされ、過去は摩耗していく。誰が悪人だ？　敵は誰だ？　悪い人間か？　神か？　運命か？　決して見ることのできない世のしきたりか？　はたまた自分か？　なあ、どう生きる。お前は生まれながらにして決定されていた、生きている上で不意に訪れた、誰を呵《か》責《しゃく》することも糾弾することもできない苦悶に不条理に、どう接する？　誰がお前を救う？

膨張した時間、その巨体を前に足が竦《すく》むだけでなく、その中へと取り込まれている。池井はその中にいて、いくら藻《も》掻《が》こうともその外側へ抜け出すことはできない。時間は膨張し続ける。あと五分だな、

と隣で先輩が言ってから、池井にとっての時間は疾うに五分が過ぎている。時間は膨らみ、猶予が与えられ続けている。だが、池井はそれを実感することができない。やるしかない。やるしかない。と自己暗示だけをかけ続けている。人間の耳孔に入り込んだ蛾のよ

うに、足掻けど足掻けど奥に進むことしかできず、それでいて出口はない。それでも時は進む。縮めるぞ。と先輩が言って、その時には池井は半ば自分を見失っている。

標的から二メートルの位置に来た。間には小柄な女がひとりいるだけだった。先輩は既にポケットに手を忍ばせている。そこには小型のナイフがある。腕の筋は浮き上がっていて、中でそれを握りしめているのがわかる。池井も躊躇《ためら》いながら自分のそれに手を伸ばす。そして男を見る。標的の男を。笑っていた。標的は仲間と談笑し、笑っていた。その瞬間、
湧き出る憎悪。脳に黒く冷たい血が流れ込む。血？　これは継がれた血か？　感情は静まり凪《なぎ》を迎える。池井を覆っていた時間は静止する。黒く冷たい熱は未来も過去も奪う。今この瞬間だけを提示する。今この瞬間だけを確認させる。遠くで囃子《はやし》が聞こえる。音の調子が上がっていく。加速していく。それは池井の心音だ。速まる。それは胸だけでなく、耳元で鳴る。肩で鳴る。指先で鳴る。おい。あと十五秒。池井は聞いている。耳元の心音の奥で聴く。鳴る指先は冷たく鋭利なそれをなぞる。おい、

「あれ池井じゃね？」

と言ったのはぼくだ。聞いたのは高島だ。高島の視界に池井は入っていた。数メートル先、斜め前方に。けれど、高島は無数の人間を見ていた。上野駅で立ち尽くした時と同じ感覚があった。銘々の持ち寄った感情や感覚が、時間の流れ方の違う瞬間や歳月が、追い

越し追い越されながら同じ一つの光景の中に均一化されている。が、そこで池井から発せられている憎悪は感じていなかった。

「お、いるじゃん」

と高島は呑気な声で言う。なんか、

「怖くね？」

ぼくらは池井の眼が血走っているのを確認する。張り詰めた気を察知する。ねえ、あれ。池井の隣にいるの。うん。先輩じゃね？

山吉も付近にいる。山吉は池井の進行方向の先にいる。右手にはふんどしの入ったビニール袋を提げている。ぼくと高島と落ち合おうとしている。山吉の眼に三人は映っていない。無数の人間がいる。集合が、群衆がある。前にも後ろにも。すると後ろからざわめきが聞こえる。つまりは池井やぼくや高島がいる反対方向。騒々しさは増していく。

「なんだ？」

あと十秒。過ぎた五秒を池井は五秒と知覚していない。池井に時間は流れていない。ぼくと高島は異変を感じて咄嗟に池井に駆け寄る。ぼくらにも時間は意識されない。反射に近い行動が先行する。あと五秒？　残りは何秒か。池井はわからない。が隣の先輩を見てその動きに合わせることで標準化を図る。先輩はポケットに忍ばせた手を動かし始める。徐々に引き抜かれ、手首が露わになる。あ。やべえ。と山吉は言う。

「降ってきた」

と山吉が後ろを振り向いたときには、豪雨がもうそこに来ていた。曇天と豪雨の境がこちらに向かって侵略を始めている。それは人間が知覚も形容もできない速さ。喩《たと》えて何かに置きかえることのできない、人間の感覚を言語を超越したところにある速さ。自然の壮大さと等しい速さ。歩いてきた道に、その記憶と合致するほどの数の人間はいない。縮んだ？

「人間が縮んだ？」

と思ったのは、子供ばかりがそこにいたからだ。たった今、数秒前数十秒前に歩いてきた道の記憶と今の光景との間に大きな齟齬が生じている。

車両の進入が禁止されているその道からは大人の姿が見る見るうちに消えていく。はけていく。幼子と小学生だけが雨を気にせず、と言うか、大人たちが慌てふためいている状況からあぶれてその場、つまりは豪雨を全身に浴び続ける場所で立ち尽くしている。大人たちは雨を凌げる場所を探して、近くのデパートに、道路沿いの軒先に、出店の屋根の下に。

天気予報ですら予報もしていなかった豪雨に、傘を持たない人間は焦燥し、惑う。やばい。濡れちゃう。最悪。こっちこっち。銘々の言葉が行き交う。それはちょっとした混乱、騒動、恐慌。あ、と声に出した山吉の肉体は騒然としてあたふたしていた大人とぶつかった。そしてまたぶつかる。右に左に数度揺れて、視線を下に遣るとふんどしの入ったビニール袋が踏みつけられている。蹴られた。蹴られて遠くへ飛んだ。のをまた誰かが踏んだ。無数の、膨大な数の足がアスファルトを跳ねている。弾のような雫がアスファルトを撃っている。人を撃っている。撃たれはじめた、

ぼくも高島も。温かくも冷たくもない雨が、大粒のそれが、全身を打つ。背丈のおおきな人が道から消えていく。視界が開けていく。

池井は雨に降られて自己に潜り続けていた意識が外へと向く。

「ゲリラ?」

池井は久方ぶりに世界からの物理的な接触を受ける。雨が降り、降り続け、眼で追えない数の雫が線となり、つまりはその線の分だけ時間が流れている、そしてそれが連なっていること、と自分の中では流れていなかった時間との間隙を埋めることができずに呆然とする。

やべえ。と言って走り去っていく二人の男が標的であった人間であることを認識するのに網膜から脳へ情報が伝達される数十倍の時間がかかる。隣にいた先輩は走り出している。なぜか。標的を見失わないためだろうか。作戦を忠実に実行させるためか。おい、

「なにしてんだよ」

と問うたのはぼくと高島だった。振り向いた池井の髪が頬がTシャツが重たく濡れているのを見て、その雨量の凄さが実感として得られるのと同時に指先から伸びる鋭利な質感の物体に眼がいく。

「なに持ってんだお前、」

と言ったのはぼくと高島とは反対側にいた山吉だった。服を着た山吉だった。

とぼくが思うと同時に山吉は思い切りよく池井の右手を蹴り飛ばす。池井の中で鈍い音が鳴ったが、それも雨音に飲み込まれていく。湿度の高く重たい空気を裂くようにしてナイフが飛び、それを高島が回収した。のを見た山吉はさっき取り戻したばかりの袋を高島に投げて渡した。ぼくはその袋の中に入っていたふんどしをためらいながらも広げ、高島はその中にナイフを収めた。そしてぼくらは右手首を押さえた池井のもとに寄る。おい、

「なにしてたんだよ」

と高島が聞く前に山吉が殴りかかった。池井は倒れた。早くも水溜まりが出現しはじめていた路上で呻く。ゲリラ豪雨がぼくらを打ちつづけている。さっき俺らの先輩が走ってたよ。山吉が言う。のをぼくと高島は聞いている。お前が何しようとしてるかわかった。追いかけてんの、あれだろ、
と言う山吉の足元で風が生じる。天から地に降り注ぐ、重力に従い落ちていく雫の隙間を、何にも囚われない風が吹く。山吉は足元を見つめるがその正体を捉えきれない。そし

て風の去っていったと思しき方向を見る。

　とそこで少年が駆けている。少年だけではない。そこには少女もいる。傘を持たない子供たちは濡れないことを疾うに諦め、もしくは気にしておらず、はしゃぎ回っている。道の脇では露店の下で雨宿りしようと、行き場を失くした大人たちが我先にぎゅうぎゅうに押し合い圧し合いしている。そんな光景に脇目も振らず、というのも適切ではない。彼ら彼女らの世界にそんな人間はいない。車両の通らない、雨が降り注ぐ路上は子供たちの独壇場だった。

　まだ物心もついていないくらいの子供たちも水滴に触れ、雨に濡れ、歓喜している。ぼくらの腰ほどの子供たちが駆けている。幼子も駆けている。どこに潜んでいたのかというほど無数の、無数という言葉ですら追うことのできない数の子供たちが、ぼくらの存在をものともせず駆けていく。右から左に。そして反対の車線では左から右に。それに感化され、うああ。と奇声染みた歓声を上げたさらにおおきな子供、学校のジャージを着た中学生たちも後に続く。見渡すと、所々に円環ができていてぐるぐると回っている。年齢も性別も身長もそれぞれに違う、誰一人として同じではあり得ない子供たちが、互いに接点のない子供たちが、突然に、降り注ぐ注ぎ続ける大粒のそれに、乱舞している。叫んでいる。駆けまわっている。その幾つかできている円環を、自由に泳ぎまわるように行き交う子供たちもいる。

なにしてんの。こっちきなさい。

どこからか声が聞こえる。子供を呼び戻す声だ。が、それもこの場所では意味を持たない。子供たちの歓喜が熱狂と化し、それが更なる熱狂を呼び、共鳴するこの場では、大人たちのその言葉は舞台袖、いや客席より遥か彼方からの意味を持たない野次。すぐに雨音に掻き消される。子供たちが叫ぶ。歓声を上げる。豪雨は子供たちを包み込んでいる。人間の知り得ない場所で人間が手を伸ばしていた自然、のどうしようもない現象、人間が地球を害し、堪えきれなくなった地球が忽然と泣き喚いたときの落涙に似たゲリラ豪雨。を受け子供たちは踊る。そこに大人はいない。子供だけが踊る。駆ける。

事の発端はもう誰にもわからない。突然の雨に惑った大人。そこで置き去りにされた子供。その子からはじまったのかもしれない。仲間を見つけ、共に雨にはしゃいだ。それを見ていた子が真似をしてはしゃぎ、それが伝染していったのかもしれない。夏祭りという非日常が裂け、非日常とすら名付けられない更にその先の未開の道が開けた。歓喜は加速し、熱狂を呼ぶ。が、それも、今となってはわからない。ただ、

混沌とした今現在がある。今、と言った瞬間に子供たちの位置は変わっている。動作は変わっている。声を上げる人間は、その音の調子は、波長は、変わっている。揺らめく今現在と、子供たちだけが堪能することのできる、狂気ともとれる一瞬の乱舞、銘々のエネルギーの放射だけがある。

そこに時間はない。今。がある。刻々と変化する今はあるが、過去も未来もない。時間は奪われている。今だけがある。過去や未来を持ちこむ子供たちはいない。今だけを更新していく。子供たちだけが今を更新している。まだ幼い子供たちの記憶には残らない。経験は肉体が覚えているだけで、記憶としての形状は保たないだろう。でも、

ぼくはそれを見ていた。ぼくらも見ていた。

おい。うん。とんでもないな。餓鬼《がき》んちょがうじゃうじゃいる。失礼な言い方すんな。だってそうだろ。俺らのほうが流石《さすが》に偉い。偉いもくそもねえよ。ああ。パンツまで濡れた。仕方ないだろ。お前が殴るからだよ。人の人生ナメてんのか。って言葉返すわ。ああ言ってたねそんなこと。くさい台詞。あと三発は殴る。まあ今じゃなくていいじゃん。あとでで。ああ、また後でな。

と言ったぼくらは未だ勢いの止まない、むしろ激しくなる一方の雨に打たれ続けている。汗ばんでいた皮膚は洗い流された。高島は今日に限ってカメラを持ってこなかったことを悔やんだ。池井は殴られた鼻が曲がっていないことを確認し、垂れる血を、雨水で薄まった血を拭った。山吉はそれを見ていた。池井は視線を感じて山吉を見た。山吉は池井の肩を叩いた。ぼくはそれらを見ていた。そして、ぼくらはそのまま何かを話すことなく、はしゃぎ回る子供たちの群れをぼうっと眺めていた。

ふと、遠くの円環を成す子供たちの中にぼくはぼくを見つけた。それはまだちいさなぼ

くだった。何歳だろうか。二歳にも五歳にも見える。が、少し見失ってまた見つけたときには、十歳にも十二歳にも見える。ぼくは回っている。無数の子供たちと笑いながらじゃれ合いながら、回っている。そしてぼくから見えるところに現れる度に、何歳とも言いきれない姿になる。ぼくは笑っている。何歳とも言いきれない姿のぼくは少なくともぼくよりは小さいぼくで、ぼくはなにを憂うこともなく楽しそうに笑っている。

過去が過去でなく今現在としてあった。のをぼくは見ていた。ぼくらは見ていた。ちいさい高島もちいさい山吉もちいさい池井もいた。それぞれの過去が、ぼくらですら取り零してきたぼくらの過去の記憶が、ぼくら以外が覚えていたそれらが、今現在として不可思議な光景に滲み出ていた。

収拾のつかなくなった事態を、雨を凌ぎながら大人たちは傍から眺めていた。その人混みの奥で談笑している四人組を見つけた。四人の男だった。それは大人だった。こっちを見ている気がした。そして彼らは互いに、示し合すように合図のように手を挙げるとそれぞれに散っていった。

のをぼくらは見ていた。今現在のぼくらはそれぞれの網膜で、やがては過去になり思い出されることのないかもしれない同じ景色を見ていた。

ずぶ濡れだったぼくらは高島の家に向かった。シャワーを浴びるためだった。

こりゃ風邪ひくな。馬鹿は風邪ひかない。たしかに。うるせえよ。てか、三人も行って平気なの？　ああ全然。どうせ誰もいないいし。でも、

「事故物件だけどへいき？」

あんまそういうこと言うなって。大丈夫、俺ん家もしばらく死体あったし。だからやめろって。云百年前からそこら中で人間は死んでんだから。もっと前だろ。そうなの？　想像つかねえ。ミジンコみたいなもんだな。何が？　俺らが。なんでよ。地球からしたら。地球からするなよ。なんだその変な日本語、
と言いながら高島が鍵を開け、山吉、池井が部屋に入った。ぼくも入った。順番にシャワーを浴びた。酒でも飲んじゃうか。と誰かが言って皆でコンビニに行った。四人で酒を飲むのは久しぶりだった。いつぶりかもわからなかった。随分と前のこと、ということ以外覚えていなかった。

山吉は酒が強かったのでぐびぐび飲んだ。ぼくもまあまあ飲んだ。高島と池井は弱かったのでそれほど飲まなかった。が高島は顔が真っ赤だった。その高島はカメラを回していた。

「たまには俺が撮ってやるよ」

と池井が言って、山吉が俺も、と言ってカメラを奪い合った。やめろよ壊れちゃうだ

ろ。と高島が言って、仕方ないから撮るよ、とぼくが言った。結局、たまには四人で映るか。と言って、部屋の角にあった箪笥《たんす》の上にカメラを設置した。まではいいものの、ＡＶみたいだな。と誰かが言ってから、誰の手によってでもなく撮られていることが妙に意識され、会話がぎこちなかった。なんか変な空気だからさ、

「久々に漫才でもやってよ」

とぼくは言った。ひでえ無茶ぶりすんなよ。ネタもねえし。即興だよ即興。と高島は言って、無理矢理山吉と池井を立たせた。何か思いついたのか、山吉は珍妙で狡猾な笑みを浮かべて、どうもー。と言い、池井もそれに付き合った。こっちが山吉と言ってね、こっちが池井と言うんですけどね、ぼくの相方が変な奴でね、人が大麻吸うとぶん殴るくせにね、

「当の本人が暴力団の組員のこと刺そうとしてたんですよ」

と言った。さっき謝ったからもういいって。と池井が言って、全員がとっくに知っているのに、波風を立てないように静謐を保つように山吉を制する感じがおかしかった。のでぼくは笑った。高島も笑った。それはよくないねえ。とぼくは言った。そうなんですよ。痛っ。困った相方なんですよ。と言った。池井は無言で山吉のことをどついていた。他にもねえ、

「自分の脇腹抓《つね》っちゃう人間もいてねえ」

これが中々治らないんですよねえ。と山吉が続けて、ぼくは立ち上がって山吉に大外刈りをかけて倒す。ごめんって。ごめんって。と笑う山吉の耳たぶを思い切り引っ張った。

「下の階に響くからやめろよ」

と高島が笑いながら言って、ぼくも笑っていた。池井はその場で立ったまま、いやあ。それは確かによくない。人のこと刺すよりよくない。と真顔で続けるので、池井の腹にそのまま頭突きした。ぐへっ。と池井が呻き、思ったよりも強く当たったのか池井が両手で腹を押さえて倒れ、苦悶の表情を浮かべながら丸まっているのがおかしくてぼくと山吉はげらげら笑った。そのままぼくは池井のことを脚で押しのけて、架空のセンターマイクの前に立ち、唯一の観客である高島に語りかけた。そんな山吉君なんですけどね。コンプレックスなんでしょうね、

「親父から送られてくるお金、使わずに捨てちゃうんですよねえ」

とぼくが言うと、そういうこと言うのはよくないってえ。と山吉が腑抜けた声で言った。お前そんなこととしてたのかよ。とここぞとばかりに池井と高島が立ち上がって、笑いながら倒れたままの山吉に寝技をかけた。池井も高島もそれを知っていた。疾うに知っていた。あ、
と言ったのはぼくで、シャワーを浴びる前に脱ぎ捨てたズボンのポケットを探った。

「拾っといたから、」

返そうと思って。と濡れてぐしょぐしょになった一万円札を取り出した。折り畳まれたそれら一枚一枚をそっと開く。そのうちの一枚は燃えて欠けていた。うわ。やば。と池井が言った。大金だ。と高島が言った。ぼくが差し出すと、どうすっか、これ。と言いながら山吉が受け取った。受け取った瞬間に、山吉は欠けた一枚を口に含むと、そのまま飲み込んだ。

「これで俺の市場価値があがった」

とぼくらを笑かそうとして山吉が言った。池井とぼくは馬鹿だ。と言って笑っていたが、高島だけ、それもしかしたら再発行できたかもしれないのに。と言った。え？　多分、欠けてても、

「元に戻せるよ」

どっかで交換してくれるよたしか。と高島が言った。山吉は口をぽかんと開けて、嗚呼《ああ》。と漏らした。あーあ、やっちゃった。と池井が言って、高島も阿呆だ、と言った。これ以上罪を重ねないようにしような。とぼくは言った。飲み込んだ一万円札はもうどうしようもなくて、そのどうしようもなさにぼくらは笑った。

残った四枚の一万円札を、それぞれ四人で炙《あぶ》って乾かした。ほんとにどうすっか、これ。と山吉が言う。どうすっか。って言われても。一応は、てか普通に、お前の金だしな。そうだよ。まあたしかに。今更ちゃんと手元に置いてもなあ。貯金してもなあ。と、

うだうだ悩みだした山吉は、誰も何も提案していないのに、そうしよう。と言ってどうするかも説明せずに立ち上がった。

で、ぼくらはコンビニに向かった。数時間前に酒を買いに来たコンビニだった。お前ら外で見てろ、

「募金してくるから」

店員の顔見とけよ。と言って、ひとり店内に入っていった。ぼくらは並んで座り込み、雑誌の陳列された本棚の隙間からそれを見ていた。金髪のダルそうな男がレジに立っていた。山吉はそこへ足を進め、何食わぬ顔でポケットから四万円を取り出し、それを置いた。店員は文字通り眼を丸くすると、そのままその眼を山吉に向け、なにか呟いた。山吉は平然とした顔で頷き、そして出てきた。

ぼくらは店員を観察していた。もしかしたら募金しないかもな。こっそり懐に入れるかも。無きにしも非ず。と話していたが、その店員は四枚の紙幣を八つくらいに折り畳み、募金箱の小銭用の穴にねじ込んでいた。中々うまく入らずひとりで悪戦苦闘しているその様子を見て、笑いが堪えきれなかった。

駆け足でコンビニの敷地から抜け、そこで声を上げて笑った。いやあ。頑張ってたね。すげえ顔してた。ぼくらはなにか凄いことでもした気分になって、満足して夜道を歩いた。どこかでいつからか暗闇に紛れていた烏《からす》が鳴き始めて、

「もう夜も明けるな」

とぼくらのうちの誰かが言った。

コンビニから戻り、煙草吸いてえ。と山吉が言った。さっき吸ってたじゃん。今吸いてえんだよ、今。と言うと、なんとなくみんなもう一本吸いたくなって、仕方なしにぼくらは四人が同時に立つには狭すぎるベランダに出た。あ、

「流れ星」

まじ？　見てなかった。と言ったのは池井だった。流星を見たのは高島だった。高島もほんとうに見たかはわからなかった。ただ、光が斜めに流れてはいた。から反射的にそう口に出した。池井も山吉もぼくも空なんて見ていなかった。

お願いごとするか。どういうこと？　なんでわかんねんだよ。祈るんだよ。なにを？　お前無神教だろ。確かに。わからんけど、祈るんだよ。もう流れきっちゃったよ。祈れば意地がついてくる。どういうこと？　なにそれ。なんかだせえ。知らねえよ。とにかくついてくんだよ。

そう言ったのが誰であれ、銘々に思い浮かぶ心象風景があった。祈りのさきにある景色があった。それは過去のものでもあり未来のものでもあった。ということもぼくらは互いに知っていた。

ほら、眼閉じろ。と誰かが言ってぼくらは眼を閉じる。鳥の羽ばたく音がした。もしか

したら本当に羽ばたいている。が、ぼくらは眼を閉じているから確かめられない。みんな眼瞑《つむ》ってる？　ああ。瞑ってる。俺も。ぼくも。もし今星流れたら馬鹿らしいな。ああ、馬鹿らしい。いや、そしたら届くよ。何が？　祈りがだよ。流れてたらな。流れてねえよ。わかんねえだろ。もう開けていい？　俺はまだ閉じてるよ。開けるかそろそろ。もう開けちゃった。おい。一旦閉じろよ。なんでだよ。いいから閉じろって。わかったよ。いまみんな閉じてる？　うん。ああ。閉じてるよ。じゃあ開けるか、

解散して家についたのは四時頃だった。夏の夜は短いと今年初めて身をもって感じた。余った缶ビールを袋に入れて提げ、そのうちのひとつを飲みながら帰ったが中身はまだ入っていた。そう言えば、

コンビニに出掛けたとき、高島はカメラを止めなかったな。と不意に思い至った。今も回され続けているかもしれなかった。ぼくが話し高島が話し山吉が話し池井が話した。のを撮り続けた映像はまだ続いている。高島はいつ気づくだろう。いつ止めるだろう。そのぼくらがいたはずの映像は、ぼくらがいなくなったあともそのまま続いている。ぼくらの宴が終わっても、その映像は終わることなく続いている。記録し続けている。そこに映っていたぼくらはそこに映し出される世界に居続けている。その記録し続けるカメラが捉え

た世界、それとは別に、並行した世界で、今がある。並行世界の今がぼくのもとにぼくらのもとにそれぞれ、ある。録画されたぼくらは過去になっていく、過去、

　のことを思い出すときに、ぼくは間違った過去の思い出し方をしていないだろうか。過去を思い出す、という言葉を使ってはいるけれど、それはほんとうは過去を厭な回路で思い出しているだけではないだろうか。ほんとうの過去の思い出し方は、もっと別な思い出し方なのではないだろうか。

　ぼくがしてきたのは、例えば、記憶、と言ってしまえばそれは既に思い起こされていることになってしまうので、経験してきた過去のすべて、の水槽に、冷たい一筋の、あり得ないけれども、光線みたいな、を放射していて、それは実は間違った角度から放たれていて、過去の一部にすぎないものを氷塊にして顕現させ、水面まで、つまりは意識として認識できるところまで浮かび上がらせているだけで、実は、そうして思い出された記憶の氷塊は、角度が間違っているが故に間違っている、というか厭な記憶、もしくは記憶の厭な見方、だけが結晶化されていて、その時、過去として思い出されている氷塊のさらに下、水の底のほうで、正しいかたち、なんてものではないかもしれないが、誰の目にも触れることのない純然とした過去が、ぼくの間違った過去の思い出し方では認知されずにあるのではないか。過去を思い出したときの厭な記憶は、それはもう過去ですらなく、厭な思い出し方をしているだけの現在のぼくの在り様だろうか。

厭な記憶としてのみ思い起こされる氷塊も、再び水槽に溶かして、そして別の角度から光を与えれば、違った印象を与える結晶として生まれ変われるのではないか。あまりに恣意的だろうか。けれど、恣意なしで在り得るだろうか。無意識的に行ってしまう、脳のメカニズムのような恣意からは逃れられない。だとすれば、少なくとも重要なのは、思い出すその時その時に、同じ氷塊にならないように光の当て方を変える試みのほうではないだろうか。

ふと思い立って、ビデオを探した。当時それがぼくと母親の間でなんと呼ばれていたのかはよく覚えていないが、ホームビデオのようなあの映像。

をぼくはテレビ台の随分と奥の方に見つけて、それを流した。砂嵐が数十秒続き、そして流れた。そこには相変わらず二歳のぼくがいる。ぼくであるはずの二歳の幼子が映っている。テレビからは波が押しては返す音が聞こえ、そして別の方向から、鳥の鳴き声が再び聞こえた。朝が近かった。今のぼくは、今現在のぼくは、しばらくの間、じっと二歳のぼくを眺めていた。その二歳のぼくはカメラを見ていて、ずっと二歳のぼくと今のぼくは眼が合っていた。二人の交わる視線の間に十五年の月日が横たわる。がちゃっ、と今の今までなにも聞こえなかった方向から音がして、帰ってきたのはおそらくは母だった。すたすたと小走りで近づいてくる。のをぼくは感じた。リビングに明かりが灯っていることを不審に思ったのだろう。そのとき、明かりの灯っていない部屋に毎朝帰ってく

る母の存在、にはじめてぼくは気づいた。ドアが開き、

「まだ起きてるの、」

と母が言った。近くに置かれた缶ビールを見つけ、あんたももう大人ねえ。ほどほどにしなさいよ。と続けた。うん。とぼくは返事をした。

そして母は照明とは別の光源を見つけ、懐かしい。と呟いた。懐かしいの見てるね。とは言わなかった。懐かしい。という言葉は、二歳のぼくと母との邂逅があって、その上で母が零した言葉だった。その言葉が発せられる瞬間に今のぼくはいなかった。が、それはかえって、さっきの短い会話が今のぼくと今の母が交わしたものだった。という事実をぼくに気付かせた。

母はそのまま机を挟んでぼくの向かいに腰を下ろした。そしてその映像を眺めた。ぼくは立ち上がり、冷蔵庫から少しは冷えているはずのビールを取り出して、母に差し出した。ありがとう。と言った母はプルタブを引いた。ぼくは、
走り出した。二歳のぼくは走り出した。波打ち際に立っていただけのぼくはそこから抜け出し、素足で駆けていた。その映像には映っていない、死角にいた両親を目がけて駆けていた。それはぼくの記憶にはなかった。ぼくが二歳であった時の記憶は勿論、二歳のぼくが走っている映像を見た記憶もなかった。

が、確かに彼は、ぼくであるはずの彼は走っている。過去のぼくは二歳のぼくは今走っ

ている。ぼくに向かって。二歳のぼくはそこにいるとも知らない十五年後のぼくに向けて走っていた。ぼくは座っていた。今のぼくは今現在のぼくはじっと座りその映像を眺め、そして、まだ何にも記録されていない誰にも記憶されていない数秒後の数分後の数時間後の数日後の数か月後の数年後のぼくに想いを巡らせた。ぼくは、

「ねえ、母さん、